국어과 선생님이 뽑은

한국 문학읽기
한국고전읽기
세계문학읽기

국어과 선생님이 뽑은

김유정 단편선

봄봄 & 동백꽃

dskimp2000@naver.com 엮음

북·앤·북

국어과 선생님이 뽑은

김유정 단편선 봄봄 & 동백꽃

초판 1쇄 | 2008년 1월 20일 발행
초판 15쇄 | 2021년 1월 15일 발행

저자 | 김유정
엮은이 | dskimp2000@naver.com
교정 | 박소영 · 이정민
디자인 | 인지숙
일러스트 | 이혜인 · 김한걸 · 주승인
펴낸이 | 이경자
펴낸곳 | 북앤북

주소 | 경기도 고양시 일산동구 산두로 128, 909동 202호
전화 | 031-902-9948
팩시밀리 | 031-903-4315
등록 | 제 313-2008-000016호

ISBN 978-89-89994-54-1-04810

이 책에 수록된 작품의 표기는 '한글 맞춤법'의
규정을 원칙으로 하되 작가 특유의 문체나 방언,
외래어 등은 원본에 따른다.

김 유 정의 봄봄 & 동백꽃을

 ＿＿＿＿＿＿＿＿＿＿＿＿ 에게 드립니다

김유정 단편선

점순이는 뭐 그리 썩 예쁜 계집애는 못 된다.

그렇다고 또 개떡이냐 하면 그런 것도 아니고

꼭 내 아내가 돼야 할 만큼

그저 툽툽하게 생긴 얼굴이다.

1

봄봄

봄봄

"장인님! 이젠 저……."

내가 이렇게 뒤통수를 긁고, 나이가 찼으니 성례를 시켜 줘야 않겠느냐고 하면 대답이 늘,

"이 자식아! 성례구 뭐구 미처 자라야지!"

하고 만다.

이 자라야 한다는 것은 내가 아니라 장차 내 아내가 될 점순이의 키 말이다.

내가 여기에 와서 돈 한 푼 안 받고 일하기를 3년 하고 꼬박 일곱 달 동안을 했다. 그런데도 미처 못 자랐다니까 이 키는 언제야 자라는 겐지 짜장 영문 모른다. 일을 좀 더 잘해야 한다든지 혹은 밥을(많이 먹는다고 노상 걱정이니까) 좀 덜 먹어야 한다든지 하면 나도 얼마든지 할말이 많다. 하지만 점순이가 아직 어리니까 더 자라야 한다는 여기에는 어째 볼 수 없이 그만 벙벙하고 만다.

이래서 나는 애초 계약이 잘못된 걸 알았다. 이태면 이태, 3년이면 3년, 기한을 딱 작정하고 일을 했어야 할 것이다. 덮어놓고 딸이 자라는 대로 성례를 시켜 주마 했으니 누가 늘 지키고 섰는 것도 아니고 그 키가 언제 자라는지 알 수 있는가. 그리고 난 사람의 키가 무럭무럭 자라는 줄만 알았지 붙박이 키에 모로만 벌어지는 몸도 있을 것을 누가 알았으랴. 때가 되면 장인님이 어련하랴 싶어서 군소리 없이 꾸벅꾸벅 일만 해 왔다. 그럼 말이다, 장인님이 제가 다 알아차려서,

'어 참, 너 일 많이 했다. 고만 장가들어라.'

하고 살림도 내주고 해야 나도 좋을 것이 아니냐. 시치미를 딱 떼고 도리어 그런 소리가 나올까 봐서 지레 펄펄 뛰고 이 야단이다. 명색이 좋아 데릴사위지 일하기에 싱겁기도 할뿐더러 이건 참 아무것도 아니다.

숙맥이 그걸 모르고 점순이의 키 자라기만 까맣게 기다

리지 않았나.

언젠가는 하도 갑갑해서 자를 가지고 덤벼들어서 그 키를 한번 재 볼까 했다마는 우리의 장인님이 내외를 해야 한다고 해서 마주 서 이야기도 한마디 하는 법 없다. 우물길에서 어쩌다 마주칠 적이면 겨우 눈어림으로 재보고 하는 것인데 그럴 적마다 나는 저만큼 가서,

"제 — 미, 키두!"

하고 논둑에다 침을 퉤 뱉는다. 아무리 잘 봐야 내 겨드랑(다른 사람보다 좀 크긴 하지만) 밑에서 넘을락 말락 밤낮 요 모양이다. 개돼지는 푹푹 크는데 왜 이리도 사람은 안 크는지, 한동안 머리가 아프도록 궁리도 해 보았다. 아하, 물동이를 자꾸 이니까 뼈다귀가 움츠러드나보다 하고 내가 넌지시 그 물을 대신 길어도 주었다. 뿐만 아니라 나무를 하러 가면 서낭당에 돌을 올려놓고,

"점순이의 키 좀 크게 해 줍소사. 그러면 담엔 떡 갖다 놓고 고사드립죠니까."

하고 치성도 한두 번 드린 것이 아니다. 어떻게 돼먹은 킨지 이래도 막무가내니…… 그래 내 어저께 싸운 것이 결코 장인님이 밉다든가 해서가 아니다.

모를 붓다가 가만히 생각을 해 보니까 또 싱겁다. 이 벼

가 자라서 점순이가 먹고 좀 큰다면 모르지만 그렇지도 못한 걸 내 심어서 뭘 하는 거냐. 해마다 앞으로 축 불거지는 장인님의 아랫배(너무 먹은 걸 모르고 냉병이라니, 그 배)를 불리기 위하여 심곤 조금도 싶지 않다.

"아이구 배야!"

난 모를 붓다 말고 배를 쓰다듬으면서 그대로 논둑으로 기어올랐다. 그리고 겨드랑에 꼈던 벼 담긴 키를 그냥 땅바닥에 털썩 떨어치며 나도 털썩 주저앉았다. 일이 암만 바빠도 나 배 아프면 고만이니까. 아픈 사람이 누가 일을 하느냐. 파릇파릇 돋아 오른 풀 한 줌을 뜯어 들고 다리의 거머리를 쓱쓱 문대며 장인님의 얼굴을 쳐다보았다.

논 가운데서 장인님이 이상한 눈을 해 가지고 한참을 날 노려보더니,

"너 이 자식, 왜 또 이래 응?"

"배가 좀 아파서유!"

하고 풀 위에 슬며시 쓰러지니까 장인님은 약이 올랐다. 저도 논에서 철벙철벙 둑으로 올라오더니 잡은 참내 멱살을 움켜잡고 뺨을 치는 것이 아닌가.

"이 자식아, 일허다 말면 누굴 망해 놀 속셈이냐, 이 대가릴 까놀 자식!"

우리 장인님은 약이 오르면 이렇게 손버릇이 아주 못됐다. 또 사위에게 이 자식 저 자식 하는 이놈의 장인님은 어디 있느냐. 오죽해야 우리 동리에서 누굴 막론하고 그에게 욕을 안 먹는 사람은 명이 짧다 한다. 조그만 아이들까지도 그를 돌려 세워 놓고 욕필이(본이름이 봉필이니까), 욕필이 하고 손가락질을 할 만큼 두루 인심을 잃었다. 하나 인심을 정말 잃었다면 욕보다 읍의 배 참봉 댁 마름으로 더 잃었다. 본디 마름이란 욕 잘하고 사람 잘 치고, 그리고 생김 생기길 호박개 같아서 쓰는 거지만 장인님은 외양에 똑됐다. 장인께 닭 마리나 좀 보내지 않는다든가 애벌논 때 품을 좀 안 준다든가 하면 그해 가을에는 영락없이 땅이 뚝뚝 떨어진다. 그러면 미리부터 돈도 먹이고 술도 먹이고 안달재신으로 돌아치던 놈이 그 땅을 슬쩍 돌려 안는다. 이 바람에 장인님 집 외양간에는 눈깔 커다란 황소 한 놈이 절로 엉금엉

금 기어들고 동리 사람들은 그 욕을 다 먹어 가면서 그래도 굽신굽신하는 게 아닌가. 그러나 내겐 장인님이 감히 큰소리 할 계제가 못 된다. 뒷생각은 못 하고 뺨 한 대를 딱 때려 놓고는 장인님은 무색해서 덤덤히 쓴 침만 삼킨다. 난 그 속을 퍽 잘 안다. 조금 있으면 갈도 꺾어야 하고 모도 내야 하고, 한참 바쁜 때인데 나 일 안 하고 우리 집으로 그냥 가면 고만이니까. 작년 이맘때도 트집을 좀 하니까 늦잠 잔다고 돌멩이를 집어 던져서 자는 놈의 발목을 삐게 해 놨다. 사날씩이나 건성 끙끙 앓았더니 종당에는 거반 울상이 되지 않았는가.

"애 그만 일어나 일 좀 해라. 그래야 올갈에 벼 잘 되면 너 장가들지 않니."

그래 귀가 번쩍 뜨여서 그날로 일어나서 남이 이틀 품 들일 논을 혼자 삶아 놓으니까 장인님도 눈깔이 커다랗게 놀랐다. 그럼 정말로 가을에 와서 혼인을 시켜 줘야 원 경우가 옳지 않겠나. 볏섬을 척척 들어 쌓아도 다른 소리는 없고 물동이를 이고 들어오는 점순이를 담배통으

로 가리키며,

"이 자식아, 미처 커야지. 조걸 무슨 혼인을 한다고 그러니 원!"

하고 남 낯짝만 붉게 해 주고 고만이다. 골김에 그저 이놈의 장인님 하고 댓돌에다 메꽂고 우리 고향으로 내뺄까 하다가 꾹꾹 참고 말았다. 참말이지 난 이 꼴 하고는 집으로 차마 못 간다. 장가를 들러 갔다가 오죽 못났어야 그대로 쫓겨 왔느냐고 손가락질을 받을 테니까……

논둑에서 벌떡 일어나 한풀 죽은 장인님
앞으로 다가서며,

"난 갈 테야유, 그 동안 사경 쳐 내슈."

"너 사위로 왔지 어디 머슴 살러 왔니?"

"그러면 얼찐 성례를 해 줘야 안 하지유, 밤낮 부려만 먹구 해 준다 해 준다……"

"글쎄 내가 안 하는 거냐? 그년이 안 크니까……"

하고 어름어름 담배만 담으면서 늘 하는 소리를 또 늘어놓는다.

이렇게 따져 나가면 언제든지 늘 나만 밑지고 만다. 이번엔 안 된다 하고 대뜸 구장님한테로 판단 가자고 소

 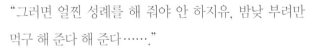

맷자락을 내끌었다.

"아 이 자식아, 왜 이래 어른을."

안 간다고 뻗디디고 이렇게 호령을 제 맘대로 하지만 장인님 제가 내 기운은 못 당한다. 막 부려 먹고 딸은 안 주고 게다 땅땅 치는 건 다 뭐야…….

그러나 내 사실 참 장인님이 미워서 그런 것은 아니다.

그 전날 왜 내가 새고개 맞은 봉우리 화전 밭을 혼자 갈고 있지 않았느냐. 밭 가생이로 돌 적마다 야릇한 꽃내가 물컥물컥 코를 찌르고 머리 위에서 벌들은 가끔 붕, 붕 소리를 친다. 바위틈에서 샘물 소리밖에 안 들리는 산골짜기니까 맑은 하늘의 봄볕은 이불 속같이 따스하고 꼭 꿈꾸는 것 같다. 나는 몸이 나른하고(몸살을 아직 모르지만) 병이 나려고 그러는지 울렁울렁하고 이랬다.

"이러이! 말이! 맘 마 마……."

이렇게 노래를 하며 소를 부리면 여느 때 같으면 어깨가 으쓱으쓱한다.

웬일인지 밭 반도 갈지 않아서 온몸의 맥이 풀리고 대고 짜증만 난다. 공연히 소만 들입다 두들기며,

"아냐! 아냐! 이 망할 자식의 소(장인님의 소니까) 대가리를 꺾어 줄라."

그러나 내 속은 정말 아냐 때문이 아니라 점심을 이고 온 점순이의 키를 보고 울화가 났던 것이다.

점순이는 뭐 그리 썩 예쁜 계집애는 못 된다. 그렇다고 또 개떡이냐 하면 그런 것도 아니고 꼭 내 아내가 돼야 할 만큼 그저 툽툽하게 생긴 얼굴이다.

나보다 십 년이 아래이니까 올해 열여섯인데 몸은 남보다 두 살이나 덜 자랐다. 남은 잘도 훤칠히들 크건만 이건 위아래가 몽톡한 것이 내 눈에는 하릴없이 감참외 같다. 참외 중에는 감참외가 제일 맛 좋고 예쁘니까 말이다.

둥글고 커단 눈은 서글서글하니 좋고 좀 지쳐 찢어졌지만 입은 밥술이나 톡톡히 먹음 직하니 좋다. 아따, 밥만 많이 먹게 되면 팔자는 고만 아니냐. 한데 한 가지 파가 있다면 가끔가다 몸이(장인님은 이걸 채신이 없이 들까분다고 하지만) 너무 빨리빨리 논다. 그래서 밥을 나르다가 때없이 풀밭에다 깻빡을 쳐서 흙투성이 밥을 곧잘 먹인다. 안 먹으면 무안해할까 봐서 이걸 씹고 앉았노라면 으적으적 소리만 나고, 돌을 먹는 겐지 밥을 먹는 겐지……

그러나 이날은 웬일인지 성한 밥째로 밭머리에 곱게 내려놓았다. 그리고 또 내외를 해야 하니까 저만큼 떨어져 이쪽으로 등을 향하고 웅크리고 앉아서 그릇 나기를 기다린다. 내가 다 먹고 물러섰을때 그릇을 와서 챙기는데, 그런데 난 깜짝 놀라지 않았느냐. 고개를 푹 숙이고 밥함지에 그릇 포개면서 날더러 들으라는지 혹은 제 소린지,

"밤낮 일만 하다 말 텐가!"

하고 혼자 쫑알거린다. 고대 잘 내외하다가 이게 무슨 소린가 하고 난 정신이 얼떨떨했다. 그러면서도 한편 무슨 좋은 수나 있는가 싶어서 나도 공중을 대고 혼잣말로,

"그럼 어떡해?"

하니까

"성례시켜 달라지 뭘 어떡해."

하고 되알지게 쏘아붙이고 얼굴이 빨개져서 산으로 그저 도망질을 친다.

나는 잠시 동안 어떻게 되는 셈판인지 맥을 몰라서 그 뒷모양만 덤덤히 바라보았다.

봄이 되면 온갖 초목이 물이 오르고 싹이 트곤 한다. 사

람도 아마 그런가 보다 하고 며칠 내에 부쩍(속으로) 자란 듯싶은 점순이가 여간 반가운 것이 아니다.

이런 걸 멀쩡하게 아직 어리다구 하니까…….

우리가 구장님을 찾아갔을 때 그는 싸리문 밖에 있는 돼지 우리에서 죽을 퍼주고 있었다. 서울엘 좀 갔다 오더니 사람은 점잖아야 한다고 윗수염(얼른 보면 지붕 위에 앉은 제비 꼬랑지 같다)이 양쪽으로 뾰족이 뻗치고 그걸 에헴 하고 늘 쓰담는 손버릇이 있다. 우리를 멀뚱히 쳐다보고 미리 알아챘는지,

"왜 일들 허다 말구 그래?"

하더니 손을 올려서 그 에헴을 한 번 후딱 했다.

"구장님! 우리 장인님과 첨에 계약하기를…….."

먼저 덤비는 장인님을 뒤로 떠다밀고 내가 허둥지둥 달려들다가 가만히 생각하고,

"아니, 우리 빙장님과 첨에."

하고 첫 번부터 다시 말을 고쳤다. 장인님은 빙장님 해야 좋아하고 밖에 나와서 장인님 하면 괜스레 골을 내려 든다. 뱀두 뱀이라야 좋냐구 창피스러우니 남 듣는 데는 제발 빙장님, 빙모님 하라고 일상 당조짐을 받아 오면서 난 그것도 자꾸 잊는다. 당장도 장인님 하다 옆

에서 내 발등을 꾹 밟고 곁눈질을 흘기는 바람에야 겨우 알았지만. 구장님도 내 이야기를 자세히 듣더니 퍽 딱한 모양이었다. 하기야 구장님뿐만 아니라 누구든지 다 그럴 게다. 길게 길러 둔 새끼손톱으로 코를 후벼서 저리 탁 튀기며,

"그럼 봉필 씨! 얼른 성례를 시켜 주구려, 그렇게까지 제가 하구 싶다는 걸!"

하고 내 짐작대로 말했다. 그러나 이 말에 장인님은 삿대질로 눈을 부라리고,

"아, 성례구 뭐구 계집애년이 미처 자라야 할 게 아닌가?"

하니까 고만 멀쑤룩해서 입맛만 쩍쩍 다실 뿐이 아닌가.

"그것두 그래!"

"그래 거진 4년 동안에도 안 자랐으니 그 킨 언제 자라지유? 다 그만두구 사경 내슈."

"글쎄, 이 자식아! 내가 크질 말라구 그랬니, 왜 날보구

떼냐?"

"빙모님은 참새만 한 것이 그럼 어떻게 앨 낳지유?"

사실 장모님은 점순이보다도 귀때기 하나가 작다.

장인님은 이 말을 듣고 껄껄 웃더니(그러나 암만 해두 돌씹은 상이다) 코를 푸는 척하고 날 은근히 굻리려고 팔꿈치로 옆 갈비께를 퍽 치는 것이다.

더럽다, 나도 종아리의 파리를 쫓는 척하고 허리를 구부리며 그 궁둥이를 콱 떼밀었다. 장인님은 앞으로 우찔근하고 싸리문께로 쓰러질 듯하다 몸을 바로 고치더니 눈총을 몹시 쏘았다. 이런 상년의 자식 하곤 싶으나 남의 앞이라서 차마 못하고 섰는 그 꼴이 보기에 퍽 쟁그러웠다.

그러나 이 밖에는 별반 신통한 귀정을 얻지 못하고 도로 논으로 돌아와서 모를 부었다. 왜냐하면 장인님이 뭐라고 귓속말로 수군수군하고 간 뒤다.

구장님이 날 위해서 조용히 데리고 아래와 같이 일러 주었기 때문이다(뭉태의 말은 구장님이 장인님에게 땅 두 마지기 얻어 부치니까 그래 꾀었다고 하지만 난 그렇게 생각 않는다).

"자네 말두 하기야 옳지, 암 나이 찼으니까 아들이 급하다는 게 잘못된 말은 아니야. 허지만 농사가 한창 바쁜데 일을 안 한다든가 집으로 달아난다든가 하면 손해죄루 그것두 징역을 가거든(여기에 그만 정신이 번쩍 났다)! 왜 요전에 삼포말서 산에 불 좀 놓았다구 징역 간 거 못 봤나? 제 산에 불을 놓아두 징역을 가는 이 땐데 남의 농사를 버려 주니 죄가 얼마나 중한가. 그리고 자넨 정장을(사경 받으러 정장 가겠다 했다) 간대지만 그러면 괜스레 죄를 들쓰고 들어가는 걸세. 또 결혼두 그렇지, 법률에 성년이란 게 있는데 스물하나가 돼야지 비로소 결혼을 할 수가 있는 걸세. 자넨 물론 아들이 늦을 걸 염려하지만 점순이루 말하면 인제 겨우 열여섯이 아닌가. 그렇지만 아까 빙장님의 말씀이 올갈에는 열 일을 제치고라두 성례를 시켜 주겠다 하시니 좀 고마울 겐가. 빨리 가서 모 붓던 거나 마저 붓게. 군소리 말구 어서 가."

그래서 오늘 아침까지 끽소리 없이 왔다.

장인님과 내가 싸운 것은 지금 생각하면 전혀 뜻밖의

일이라 안 할 수 없다. 장인님으로 말하면 요즈막 작인들에게 행세를 좀 하고 싶다고 해서 '돈 있으면 양반이지 별게 있느냐!' 하고 일부러 아랫배를 툭 내밀고 걸음도 뒤틀리게 걷고 하는 이 판이다. 이까짓 나쯤 두들기다 남의 땅을 가지고 모처럼 닦아 놓았던 가문을 망친다든지 할 어른이 아니다. 또 나로 논지면 아무쪼록 잘 뵈서 점순이에게 얼른 장가를 들어야 하지 않느냐.

이렇게 말하자면 결국 어젯밤 뭉태네 집에 마을 간 것이 썩 나빴다. 낮에 구장님 앞에서 장인님과 싸운 것을 어떻게 알았는지 대고 빈정거리는 것이 아닌가.

"그래, 맞구두 그걸 가만 둬?"

"그럼 어떡하니?"

"임마, 봉필일 모판에다 거꾸루 박아 놓지 뭘 어떡해?"

하고 괜히 내 대신 화를 내 가지고 주먹질을 하다 등잔까지 쳤다. 놈이 본시 괄괄은 하지만 그래 놓고 날더러 석유 값을 물라고 막 지다위를 붓는다. 난 어안이 벙벙해서 잠자코 앉았으니까 저만 연방 지껄이는 소리가,

"밤낮 일만 해 주구 있을 테냐?"

"영득이는 1년을 살구두 장갈 들었는데 넌 4년이나 살구두 더 살아야 해."

"네가 세 번째 사윈 줄이나 아니, 세 번째 사위."

"남의 일이라두 분하다. 이 자식아, 우물에 가 빠져 죽어."

나중에는 겨우 손톱으로 목을 따라고까지 하고 제 아들 같이 함부로 훅닥이었다. 별의별 소리를 다 해서 그대로 옮길 수는 없으나 그 줄거리는 이렇다.

우리 장인님이 딸이 셋이 있는데 맏딸은 재작년 가을에 시집을 갔다. 정말은 시집을 간 것이 아니라 그 딸도 데릴사위를 해 가지고 있다가 내보냈다. 그런데 딸이 열 살 때부터 열아홉, 즉 십 년 동안에 데릴사위를 갈아들이기를, 동리에선 사위 부자라고 이름이 났지마는 열 놈이란 참 너무 많다.

장인님이 아들은 없고 딸만 있는 고로 그 담 딸을 데릴사위를 해 올 때까지는 부려 먹지 않으면 안 된다. 물론 머슴을 두면 좋지만 그건 돈이 드니까, 일 잘하는 놈을 고르느라고 연방 바꿔 들였다. 또 한편 놈들이 욕만 줄창 퍼붓고 심히도 부려 먹으니까 밸이 상해서 달아나기

도 했겠지. 점순이는 둘째 딸인데 내가 이를테면 그 세
번째 데릴사위로 들어온 셈이다. 내 담으로 네 번째 놈
이 들어올 것을, 내가 일도 참 잘하고, 그리고 사람이
좀 어수룩하니까 장인님이 잔뜩 놓질 않는다. 셋째 딸
이 인제 여섯 살, 적어도 열 살은 돼야 데릴사위를 할
테므로 그동안은 죽도록 부려 먹어야 된다. 그러니 인
제는 속 좀 차리고 장가를 들여 달라구 떼를 쓰고 나자
빠져라, 이것이다.

나는 건성으로 엉 하며 귓등으로 들었다. 뭉태는 땅을
얻어 부치다가 떨어진 뒤로는 장인님만 보면 공연히 못
먹어서 으르릉거린다. 그것도 장인님이 저 달라고 할
적에 제 집에서 위한다는 그 감투(예전에 원님이 쓰던
것이라나, 옆구리에 뽕뽕 좀먹은 걸레)를 선뜻 주었더
라면 그럴 리도 없었던걸.

그러나 나는 뭉태란 놈의 말을 전수이
곧이듣지 않았다. 꼭 곧이들었다면
간밤에 와서 장인님과 싸웠지 무
사히 있었을 리가 없지 않은가.
그러면 딸에게까지 인심을 잃은
장인님이 혼자 나빴다.

실토이지 나는 점순이가 아침상을 가지고 나올 때까지는 오늘은 또 얼마나 밥을 담았나 하고 이것만 생각했다. 상에는 된장찌개하고 간  장 한 종지, 조밥 한 그릇, 그리고 밥보다 더 수부룩하게 담은 산나물이 한 대접, 이렇다. 나물은 점순이가 틈틈이 해 오니까 두 대접이고 네 대접이고 멋대로 먹어도 좋으나 밥은 장인님이 한 사발 외엔 더 주지 말라고 해서 안 된다. 그런데 점순이가 그 상을 내 앞에 내려놓으며 제 말로 지껄이는 소리가,

"구장님한테 갔다 그냥 온담 그래!"

하고 엊그제 산에서와 같이 되우 종알거린다. 딴은 내가 더 단단히 덤비지 않고 만 것이 좀 어리석었다. 속으로 그랬다. 나도 저쪽 벽을 향하여 외면하면서 내 말로,

"안 된다는 걸 그럼 어떡헌담!"

하니까,

"쉼을 잡아치지 그냥 둬, 이 바보야!"

하고 또 얼굴이 발개지면서 성을 내며 안으로 샐쭉하니 뛰어 들어가지 않느냐. 이때 아무도 본 사람이 없었게 망정이지 보았다면 내 얼굴이 어미 잃은 황새 새끼처럼

가엾다 했을 것이다.
사실 이때만큼 슬펐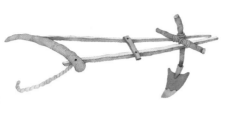
던 일이 또 있었는지
모른다. 다른 사람은
암만 못생겼다 해도 괜찮지만 내 아내 될 점순이가 병
신으로 본다면 참 신세는 따분하다. 밥을 먹은 뒤 지게
를 지고 일터로 가려 하다 도로 벗어 던지고 바깥 마당
공석 위에 누워서 나는 차라리 죽느니만 같지 못하다
생각했다.

내가 일 안 하면 장인님 저는 나이가 먹어 못 하고 결국
농사 못 짓고 만다. 뒷짐으로 트림을 꿀꺽하고 대문 밖
으로 나오다 날 보고서,

"이 자식아! 너 왜 또 이러니?"

"관격이 났어유. 아이구, 배야!"

"기껀 밥 처먹구 나서 무슨 관격이야. 남의 농사 버려
주면 이 자식아 징역 간다 봐라!"

"가두 좋아유. 아이구, 배야!"

참말 난 일 안 해서 징역 가도 좋다 생각했다. 일후 아
들을 낳아도 그 앞에서 바보 바보 이렇게 별명을 들을
테니까, 오늘은 열 쪽이 난대도 결정을 내고 싶었다.

장인님이 일어나라고 해도 내가 안 일어나니까 눈에 독이 올라서 저편으로 횡허케 가더니 지게막대기를 들고 왔다. 그리고 그걸로 내 허리를 마치 들떠 넘기듯이 쿡 찍어서 넘기고 넘기고 했다. 밥을 잔뜩 먹고 딱딱한 배가 그럴 적마다 퉁겨지면서 뱃창이 꼿꼿한 것이 여간 켕기지 않았다. 그래도 안 일어나니까 이번에는 배를 지게막대기로 위에서 쿡쿡 찌르고 발길로 옆구리를 차고 했다. 장인님은 원체 심술이 궂어서 그렇지만 나도 저만 못하지 않게 배를 채었다. 아픈 것을 눈을 꽉 감고 넌 해라 난 재미난 듯이 있었으나 볼기짝을 후려갈길 적에는 나도 모르는 겔에 벌떡 일어나서 그 수염을 잡아챘다마는 내 골이 난 것이 아니라 정말은 아까부터 부엌 뒤 울타리 구멍으로 점순이가 우리들의 꼴을 몰래 엿보고 있었기 때문이다.

가뜩이나 말 한마디 똑똑히 못한다고 바보라는데 매까지 잠자코 맞는 걸 보면 짜장 바보로 알 게 아닌가. 또 점순이도 미워하는 이까짓 놈의 장인님하고 나하곤 아무것도 안 되니까 막 때려도 좋지만 사정 보아서 수염만 채고(제 원대로 했으니까 이때 점순이는 퍽 기뻤겠지) 저기까지 잘 들리도록,

"이걸 까셀라 부다!"

하고 소리를 쳤다.

장인님은 더 약이 바짝 올라서 잡은 참 지게막대기로 내 어깨를 그냥 내리 갈겼다. 정신이 다 아찔하다. 다시 고개를 들었을 때 그때엔 나도 온몸에 약이 올랐다. 이 녀석의 장인님을 하고 눈에서 불이 퍽 나서 그 아래 밭 있는 넝 아래로 그대로 떠밀어 굴려 버렸다. 조금 있다가 장인님이 씩, 씩 하고 한번 해 보려고 기어오르는 걸 얼른 또 떠밀어 굴려 버렸다.

기어오르면 굴리고 굴리면 기어오르고, 이러길 한 네댓 번을 하며 그럴 적마다,

"부려만 먹구 왜 성례 안 하지유!"

나는 이렇게 호령했다. 하지만 장인님이 선뜻, 오냐 낼 이라두 성례시켜 주마 했으면 나도 성가신 걸 그만두었을지 모른다. 나야 이러면 때린 건 아니니까 나중에 장인 쳤다는 누명도 안 들을 터이고 얼마든지 해도 좋다. 한번은 장인님이 헐떡헐떡 기어서 올라오더니 내 바짓가랑이를 요렇게 노리고서 단박 움켜잡고 매달렸다. 악소리를 치고 나는 그만 세상이 다 핑그르 도는 것이,

"빙장님! 빙장님! 빙장님!"

"이 자식! 잡아먹어라, 잡아먹어!"

"아! 아! 할아버지! 살려 줍쇼, 할아버지!"

하고 두 팔을 허둥지둥 내절 적에는 이마에 진땀이 쭉 내솟고 인젠 참으로 죽나 보다 했다. 그래도 장인님은 놓칠 않더니 내가 기어이 땅바닥에 쓰러져서 거진 까무러치게 되니까 놓는다. 더럽다, 더럽다. 이게 장인님인 가. 나는 한참을 못 일어나고 쩔쩔맸다. 그러다 얼굴을 드니(눈에 참 아무것도 보이지 않았다) 사지가 부르르 떨리면서 나도 엉금엉금 기어가 장인님의 바짓가랑이를 꽉 움키고 잡아 낚았다.

내가 머리가 터지도록 매를 얻어맞은 것도 이 때문이다. 그러나 여기가 또한 우리 장인님이 유달리 착한 곳이다. 여느 사람이면 사경을 주어서라 도 당장 내쫓았지 터진 머  리를 불솜으로 손수 지져 주고, 호주머니에 희연 한 봉을 넣어 주고, 그리고

"올갈엔 꼭 성례를 시켜 주마. 암 말 말구 가서 뒷골의 콩밭이나 얼른 갈아라."

하고 등 뚜덕여 줄 사람이 누구냐.

나는 장인님이 너무나 고마워서 어느덧 눈물까지 났다.

점순이를 남기고 인젠 내쫓기려니 하다 뜻밖의 말을 듣고,

"빙장님! 인제 다시는 안 그러겠어유."

이렇게 맹세를 하며 부랴부랴 지게 가지고 일터로 갔다.

그러나 이때는 그걸 모르고 장인님을 원수로만 여겨서 잔뜩 잡아당겼다.

"아! 아! 이 놈아! 놔라, 놔."

장인님은 헛손질을 하며 솔개미에 챈 닭의 소리를 연해 질렀다. 놓긴 왜, 이왕이면 호되게 혼을 내 주리라 생각하고 짓궂게 더 당겼다마는 장인님이 땅에 쓰러져서 눈에 눈물이 피잉 도는 것을 알고 좀 겁도 났다.

"할아버지! 놔라, 놔, 놔, 놔, 놔."

그래도 안 되니까,

"애, 점순아! 점순아!"

이 악장에 안에 있던 장모님과 점순이가 헐레벌떡하고 단숨에 뛰어나왔다. 나의 생각에 장모님은 제 남편이니까 역성을 할는지도 모른다. 그러나 점순이는 내 편을 들어서 속으로 고소해하겠지 — 대체 이게 웬 속인지(지

금까지도 난 영문을 모른다) 아버질 혼내
주기는 제가 내래 놓고 이제 와서
는 달려들며,
"에구머니! 이 망할 게 아버지
죽이네!"
하고 내 귀를 뒤로 잡아당기며
마냥 우는 것이 아니냐. 그만 여
기에 기운이 탁 꺾이어 나는 얼빠진 등신이 되고 말았
다. 장모님도 덤벼들어 한 쪽 귀마저 뒤로 잡아채면서
또 우는 것이다.

이렇게 꼼짝도 못하게 해 놓고 장인님은 지게 막대기를
들어서 사뭇 내리 조겼다. 그러나 나는 구태여 피하지
도 않고, 암만 해도 그 속 알 수 없는 점순이의 얼굴만
멀거니 들여다보았다.

"이 자식! 장인 입에서 할아버지 소리가 나오도록 해?"

2

동백꽃

동백꽃

오늘도 우리 수탉이 막 쫓기었다. 내
가 점심을 먹고 나무를 하러 갈
양으로 나올 때이었다.

산으로 올라서려니까 등 뒤
에서 푸드덕 푸드덕하고 닭
의 횃소리가 야단이다. 깜짝

놀라서 고개를 돌려 보니 아니나 다르랴 두 놈이 또 얼
리었다.

점순네 수탉(대강이가 크고 똑 오소리같이 실팍하게 생긴
놈)이 덩저리 작은 우리 수탉을 함부로 해내는 것이다.
그것도 그냥 해내는 것이 아니라 푸드덕하고 면두를 쪼
고 물러섰다가 좀 사이를 두고 또 푸드덕하고 모가지를

쪼았다. 이렇게 멋을 부려 가며 여지없이 닦아 놓는다. 그러면 이 못생긴 것은 쪼일 적마다 주둥이로 땅을 받으며 그 비명이 킥, 킥 할 뿐이다.

물론 미처, 아물지도 않은 면두를 또 쪼이어 붉은 선혈은 뚝뚝 떨어진다.

이걸 가만히 내려다보자니 내 대강이가 터져서 피가 흐르는 것같이 두 눈에서 불이 번쩍 난다. 대뜸 지게막대기를 메고 달려들어 점순네 닭을 후려칠까 하다가 생각을 고쳐먹고 헛매질로 떼어만 놓았다.

이번에도 점순이가 쌈을 붙여 놨을 것이다. 바짝바짝 내 기를 올리느라고 그랬음에 틀림없을 것이다.

고 놈의 계집애가 요새로 들어서서 왜 나를 못 먹겠다고 그렇게 이르렁거리는지 모른다.

나흘 전 감자 건만 하더라도 나는 저에게 조금도 잘못한 것이 없다. 계집애가 나물을 캐러 가면 갔지 남 울타리 엮는데 쌩이질을 하는 것은 다 뭐냐. 그것도 발소리를 죽여 가지고 등 뒤로 살며시 와서,

"애! 너 혼자만 일하니?"

하고 긴치 않은 수작을 하는 것이었다.

어제까지도 저와 나는 이야기도 잘 않고 서로 만나도

본척만척하고 이렇게 점잖게 지내던 터이련만 오늘로 갑작스레 대견해졌음은 웬일인가. 황차 망아지만 한 계집애가 남 일하는 놈 보고.

"그럼 혼자 하지 때루 하디?"

내가 이렇게 내배앝는 소리를 하니까,

"너, 일하기 좋니?"

또는,

"한여름이나 되거든 하지 벌써 울타리를 하니?"

잔소리를 두루 늘어놓다가 남이 들을까 봐 손으로 입을 틀어막고는 그 속에서 깔깔댄다. 별로 우스울 것도 없는데 날씨가 풀리더니 이놈의 계집애가 미쳤나 하고 의심하였다. 게다가 조금 뒤에는 제 집께를 할금할금 돌아다보더니 행주치마의 속으로 꼈던 바른손을 뽑아서 나의 턱 밑으로 불쑥 내미는 것이다. 언제 구웠는지 아직도 더운 김이 홱 끼치는 굵은 감자 세 개가 손에 뿌듯이 쥐였다.

"느 집엔 이거 없지?"

하고 생색 있는 큰소리를 하고는 제가 준 것을 남이 알면 큰일 날 테니 여기서 얼른 먹어 버리란다. 그리고 또 하는 소리가,

"너, 봄 감자가 맛있단다."

"난 감자 안 먹는다. 니나 먹어라."

나는 고개도 돌리려고 않고 일하던 손으로 그 감자를 도로 어깨 너머로 쑥 밀어 버렸다.

그랬더니 그래도 가는 기색이 없고, 뿐만 아니라 쌔근쌔근 하고 심상치 않게 숨소리가 점점 거칠어진다. 이건 또 뭐야 싶어서 그때에야 비로소 돌아다보니 나는 참으로 놀랐다. 우리가 이 동네에 들어온 것은 근 3년째 되어 오지만 여태까지 가무잡잡한 점순이의 얼굴이 이렇게까지 홍당무처럼 새빨개진 법이 없었다. 게다 눈에 독을 올리고 한참 나를 요렇게 쏘아보더니 나중에는 눈물까지 어리는 것이 아니냐. 그리고 바구니를 다시 집어 들더니 이를 꼭 악물고는 엎어질 듯 자빠질 듯 논둑으로 횡하게 달아나는 것이다.

어쩌다 동리 어른이,

"너 얼른 시집을 가야지?"

하고 웃으면,

"염려 마셔유. 갈 때 되면 어련히 갈라구!"

이렇게 천연덕스럽게 받는 점순이었다. 본시 부끄럼을 타는 계집애도 아니거니와 또한 분하다고 눈에 눈물을

보일 얼병이도 아니다. 분하면 차라리 나의 등어리를
바구니로 한 번 모지게 후려 때리고 달아날지언정.
그런데 고약한 그 꼴을 하고 가더니 그 뒤로는 나를 보
면 잡아먹으려고 기를 복복 쓰는 것이다.

설혹 주는 감자를 안 받아 먹
은 것이 실례라 하면, 주면
그냥 주었지 '너 집엔 이거
없지'는 다 뭐냐. 그렇잖아
도 저희는 마름이고 우리는
그 손에서 배재를 얻어 땅
을 부치므로 일상 굽실거린다. 우리가 이 마을에 처음
들어와 집이 없어서 곤란으로 지낼 제 집터를 빌리고
그 위에 집을 또 짓도록 마련해 준 것도 점순네의 호의
였다. 그리고 우리 어머니, 아버지도 농사 때 양식이 달
리면 점순네한테 가서 부지런히 꾸어다 먹으면서, 인품
그런 집은 다시없으리라고 침이 마르도록 칭찬하곤 하
는 것이다. 그러면서도 열일곱씩이나 된 것들이 수군수
군하고 붙어 다니면 동리의 소문이 사납다고 주의를 시
켜 준 것도 또 어머니였다. 왜냐하면 내가 점순이하고
일을 저질렀다가는 점순네가 노할 것이고, 그러면 우리

는 땅도 떨어지고 집도 내쫓기고 하지 않으면 안 되는
까닭이었다.

그런데 이 놈의 계집애가 까닭 없이 기를 복복 쓰며 나
를 말려 죽이려고 드는 것이다.

눈물을 흘리고 간 다음 날 저녁 나절이었다. 나무를 한
짐 잔뜩 지고 산을 내려오려니까 어디서 닭이 죽는 소
리를 친다. 이거 뉘 집에서 닭을 잡나 하고 점순네 울
뒤로 돌아오다가 나는 고만 두 눈이 똥그레졌다. 점순
이가 제 집 봉당에 홀로 걸터앉았는데, 아 이게 치마 앞
에다 우리 씨암탉을 꼭 붙들어 놓고는,

"이놈의 닭! 죽어라, 죽어라."

요렇게 암팡스레 패 주는 것이 아닌가. 그것도 대가리
나 치면 모른다마는 아주 알도 못 낳으라고 볼기짝께를
주먹으로 콕콕 쥐어박는 것이다.

나는 눈에 쌍심지가 오르고 사지가 부르르 떨렸으나 사
방을 한 번 휘둘러보고 그제야 점순이 집에 아무도 없
음을 알았다. 잡은 참 지게막대기를 들어 울타리의 중
턱을 후려치며,

"이놈의 계집애! 남의 닭 알 못 낳으라구 그러니?"

하고 소리를 빽 질렀다.

그러나 점순이는 조금도 놀라는 기색이 없고 그대로 의젓이 앉아서 제 닭 가지고 하듯이 또 죽어라, 죽어라 하고 패는 것이다. 이걸 보면 내가 산에서 내려올 때를 겨냥해 가지고 미리부터 닭을 잡아 가지고 있다가 너보란 듯이 내 앞에서 쥐지르고 있음이 확실하다.

그러나 나는 그렇다고 남의 집에 뛰어 들어가 계집애하고 싸울 수도 없는 노릇이고 형편이 썩 불리함을 알았다. 그래 닭이 맞을 적마다 지게막대기로 울타리를 후려칠 수밖에 별도리가 없다. 왜냐하면 울타리를 치면 칠수록 울섶이 물러앉으며 뼈대만 남기 때문이다. 하나 아무리 생각하여도 나만 밑지는 노릇이다.

"아, 이 년아! 남의 닭 아주 죽일 터이냐?"

내가 도끼눈을 뜨고 다시 꽥 호령을 하니까 그제야 울타리께로 쪼르르 오더니 울 밖에 섰는 나의 머리를 겨누고 닭을 내팽개친다.

"예이 더럽다! 더럽다."

"더러운 걸 널더러 입때 끼고 있으랬니? 망할 계집애 년 같으니!"

하고 나도 더럽단 듯이 울타리께로 휑하게 돌아내리며
약이 오를 대로 다 올랐다라고 하는 것은, 암탉이 풍기
는 서슬에 나의 이마빼기에다 물찌똥을 찍 깔겼는데 그
걸 본다면 알집만 터졌을 뿐 아니라 골병이 단단히 든
듯싶다. 그리고 나의 등 뒤를 향하여 들릴 듯 말 듯한
음성으로,

"이 바보 녀석아!"

"얘! 너 배냇병신이지?"

그만도 좋으련만,

"얘! 너 느 아버지가 고자라지?"

"뭐? 울 아버지가 그래 고자야?"

할 양으로 열벙거지가 나서 고개를 홱 돌리어 바라봤더
니 그때까지 울타리 위로 나와 있어야 할 점순이의 대

가리가 어디 갔는지 보이지를 않는다. 그러다 돌아서서 오자면 아까에 한 욕을 울 밖으로 또 퍼붓는 것이다. 욕을 이토록 먹어 가면서도 대거리 한마디 못 하는 걸 생각하니 돌부리에 채어 발톱 밑이 터지는 것도 모를 만큼 분하고, 급기야는 두 눈에 눈물까지 불끈 내솟는다. 그러나 점순이의 침해는 이것뿐이 아니다.

사람들이 없으면 틈틈이 제 집 수탉을 몰고 와서 우리 수탉과 쌈을 붙여 놓는다. 제 집 수탉은 썩 험상궂게 생기고 쌈이라면 홰를 치는 고로 으레 이길 것을 알기 때문이다. 그래서 툭하면 우리 수탉이 면두며 눈깔이 피로 흐드르하게 되도록 해 놓는다. 어떤 때에는 우리 수탉이 나오지를 않으니까 요놈의 계집애가 모이를 쥐고 와서 꾀어내다가 쌈을 붙인다.

이렇게 되면 나도 다른 배차를 차리지 않을 수 없다. 하루는 우리 수탉을 붙들어 가지고 넌지시 장독께로 갔다. 쌈닭에게 고추장을 먹이면 병든 황소가 살모사를 먹고 용을 쓰는 것처럼 기운이 뻗친다 한다. 장독에서 고추장 한 접시를 떠서 닭 주둥아리께로 들이밀고 먹여 보았다. 닭도 고추장에 맛을 들였는지 거스르지 않고 거지 반 접시 턱이나 곧잘 먹는다.

그리고 먹고 금세는 용을 못 쓸 터이므로 얼마쯤 기운이 들도록 홰 속에다 가두어 두었다.

밭에 두엄을 두어 짐 져 내고 나서 쉴 참에 그 닭을 안고 밖으로 나왔다. 마침 밖에는 아무도 없고 점순이만 제 울 안에서 헌 옷을 뜯는지 혹은 솜을 터는지 웅크리고 앉아서 일을 할 뿐이다.

나는 점순네 수탉이 노는 밭으로 가서 닭을 내려놓고 가만히 맥을 보았다. 두 닭은 여전히 얼리어 쌈을 하는데 처음에는 아무 보람이 없다. 멋지게 쪼는 바람에 우리 닭은 또 피를 흘리고 그러면서도 날갯죽지만 푸드덕 푸드덕하고 올라 뛰고 할 뿐으로 제법 한 번 쪼아 보지도 못한다.

그러나 한번엔 어쩐 일인지 용을 쓰고 펄쩍 뛰더니 발톱으로 눈을 하비고 내려오며 면두를 쪼았다. 큰 닭도 여기에는 놀랐는지 뒤로 멈씰하며 물러난다. 이 기회를 타서 작은 우리 수탉이 또 날쌔게 덤벼들어 다시 면두를 쪼니 그제서는 감때사나운 그 대강이에서도 피가 흐르지 않을 수 없다.

옳다, 알았다. 고추장만 먹이면 되는구나 하고 나는 속으로 아주 쟁그라워 죽겠다. 그때에는 뜻밖에 내가 닭 쌈을 붙여 놓은 데 놀라서 울 밖으로 내다보고 섰던 점순이도 입맛이 쓴지 눈살을 찌푸렸다.

나는 손으로 볼기짝을 두드리며 연방,

"잘한다! 잘한다!"

하고 신이 머리끝까지 뻗치었다.

그러나 얼마 되지 않아서 나는 넋이 풀리어 기둥같이 묵묵히 서 있게 되었다. 왜냐하면 큰 닭이 한 번 쪼인 앙갚음으로 호들갑스레 연거푸 쪼는 서슬에 우리 수탉은 찔끔 못하고 막 곯는다. 이걸 보고서 이번에는 점순이가 깔깔거리고, 되도록 이쪽에서 많이 들으라고 웃는 것이다.

나는 보다 못하여 덤벼들어서 우리 수탉을 붙들어 가지고 도로 집으로 들어왔다. 고추장을 좀 더 먹였더라면 좋았을 걸 너무 급하게 쌈을 붙인 것이 퍽 후회가 난다. 장독께로 돌아와서 다시 턱 밑에 고추장을 들이댔다. 흥분으로 말미암아 그런지 당최 먹질 않는다.

나는 하릴없이 닭을 반듯이 뉘고 그 입에다 궐련 물부리를 물리었다. 그리고 고추장을 타서 그 구멍으로 조금씩 들이부었다. 닭은 좀 괴로운지 킥킥하고 재채기를 하는 모양이나, 그러나 당장의 괴로움은 매일같이 피를 흘리는 데 댈 게 아니라 생각하였다.

그러나 한 두어 종지가량 고추장 물을 먹이고 나서는 나는 고만 풀이 죽었다. 싱싱한 닭이 왜 그런지 고개를 살며시 뒤틀고는 손아귀에서 뻐드러지는 것이 아닌가. 아버지가 볼까 봐서 얼른 홰에다 감추어 두었더니 오늘 아침에서야 겨우 정신이 든 모양 같다.

그랬던 걸 이렇게 오다 보니까 또 쌈을 붙여 놓으니 이 망할 계집애가 필연 우리 집에 아무도 없는 틈을 타서 제가 들어와 홰에서 꺼내 가지고 나간 것이 분명하다. 나는 다시 닭을 잡아다 가두고 염려는 스러우나 그렇다고 산으로 나무를 하러 가지 않을 수도 없는 형편이었다. 소나무 삭정이를 따며 가만히 생각해 보니 암만 해도 고년의 목쟁이를 돌려 놓고 싶다. 이번에 내려가면 망할 년 등줄기를 한 번 되게 후려치겠다 하고 싱둥겅둥 나무를 지고는 부리나케 내려왔다.

거지반 집에 다 내려와서 나는 호드기 소리를 듣고 발이 딱 멈추었다. 산기슭에 널려 있는 굵은 바윗돌 틈에 노란 동백꽃이 소보록하니 깔리었다. 그 틈에 끼여 앉

아서 점순이가 청승맞게스레 호드기를 불고 있는 것이다. 그보다도 더 놀란 것은 고 앞에서 또 푸드덕푸드덕하고 들리는 닭의 횃소리다. 필연코 요년이 나의 약을 올리느라고 닭을 잡어 내다가 내가 내려올 길목에다 쌈을 시켜 놓고 저는 그 앞에 앉아서 천연스레 호드기를 불고 있음에 틀림없으리라. 나는 약이 오를 대로 다 올라서 두 눈에서 불과 함께 눈물이 퍽 쏟아졌다. 나무 지게도 벗어 놀 새 없이 그대로 내동댕이치고는 지게막대기를 뻗치고 허둥허둥 달려들었다.

가까이 와 보니 과연 나의 짐작대로 우리 수탉이 피를 흘리고 거의 빈사지경에 이르렀다. 닭도 닭이려니와 그러함에도 불구하고 눈 하나 깜짝 없이 고대로 앉아서 호드기만 부는 그 팔에 더욱 치가 떨린다. 동리에서도 소문이 났거니와 나도 한때는 걱실걱실히 일 잘하고 얼굴 예쁜 계집인 줄 알았더니 시방 보니까 그 눈깔이 꼭 여우 새끼 같다.

나는 대뜸 달려들어서 나도 모르는 사이에 큰 수탉을

단매로 때려 엎었다. 닭은 푹 엎어진 채 다리 하나 꼼짝 못하고 그대로 죽어 버렸다. 그리고 나는 멍하니 섰다 가 점순이가 매섭게 눈을 흡뜨고 닥치는 바람에 뒤로 벌렁 나자빠졌다.

"이 놈아! 너 왜 남의 닭을 때려죽이니?"

"그럼 어때?"

하고 일어나다가,

"뭐 이 자식아! 누 집 닭인데?"

하고 복장을 떠미는 바람에 다시 벌렁 자빠졌다. 그러 고 나서 가만히 생각을 하니 분하기도 하고 무안도 스 럽고 또 한편 일을 저질렀으니 인젠 땅이 떨어지고 집 도 내쫓기고 해야 되는지 모른다.

나는 비슬비슬 일어나며 소맷자락으로 눈을 가리고는 얼김에 엉 하고 울음을 놓았다. 그러나 점순이가 앞으 로 다가와서,

"그럼 너 이담부터 안 그럴 테냐?"

하고 물을 때에야 비로소 살길을 찾은 듯싶었다. 나는 눈물을 우선 씻고, 뭘 안 그러는지 명색도 모르건만,

"그래!"

하고 무턱대고 대답하였다.

"요담부터 또 그래 봐라, 내 자꾸 못살게 굴 테니."

"그래, 인젠 안 그럴 테야!"

"닭 죽은 건 염려 마라, 내 안 이를 테니."

그리고 뭣에 떠다밀렸는지 나의 어깨를 짚은 채 그대로 퍽 쓰러진다. 그 바람에 나의 몸뚱이도 겹쳐서 쓰러지며 한창 피어 퍼드러진 노란 동백꽃 속으로 폭 파묻혀 버렸다.

알싸한, 그리고 향긋한 그 냄새에 나는 땅이 꺼지는 듯이 온 정신이 고만 아찔하였다.

"너 말 마라."

"그래!"

조금 있더니 요 아래서,

"점순아! 점순아! 이년이 바느질을 하다 말구 어딜 갔어!"

하고 어딜 갔다 온 듯싶은 그 어머니가 역정이 대단히 났다.

점순이가 겁을 잔뜩 집어먹고 꽃 밑을 살금살금 기어서 산 아래로 내려간 다음, 나는 바위를 끼고 엉금엉금 기어서 산 위로 치빼지 않을 수 없었다.

3

만무방

만무방

산골에, 가을은 무르녹
았다.
아름드리 노송은 삑삑
이 늘어박혔다. 무거운
송낙을 머리에 쓰고 건들건들.
새새이 끼인 도토리, 벚, 돌배, 갈잎 들은 울긋불긋. 잔
디를 적시며 맑은 샘이 쫄쫄거린다. 산토끼 두 놈은 한
가로이 마주 앉아 그 물을 할짝거리고. 이따금 정신이
나는 듯 가랑잎은 부스스 하고 떨린다. 산산한 산들바
람. 귀여운 들국화는 그 품에 새뜩새뜩 넘논다. 흙내와
함께 향긋한 땅김이 코를 찌른다. 요놈은 싸리버섯, 요
놈은 입 썩은 내, 또 요놈은 송이 — 아니, 아니 가시녕

쿨 속에 숨은 박하풀 냄새로군.

응칠이는 뒷짐을 딱 지고 어정어정 노닌다. 유유히 다리를 옮겨 놓으며 이 나무 저 나무 사이로 홀라들인다. 코는 공중에서 벌렸다 오므렸다, 연신 이러며 훅, 훅 구붓한 한 송목 밑에 이르자 그는 발을 멈춘다. 이번에는 지면에 코를 얕이 갖다 대고 한 바퀴 비잉, 나물 끼고 돌았다.

'아하, 요놈이로군!'

썩은 솔잎에 덮이어 흙이 봉곳이 돋아 올랐다.

그는 손가락을 꾸짖으며 정성스레 살살 헤쳐 본다. 과연 귀여운 송이. 망할 녀석, 조금만 더 나오지. 그걸 뚝 따 들곤 뒷짐을 지고 다시 어실렁어실렁. 가끔 선하품은 터진다. 그럴 적마다 두 팔을 떡 벌리곤 먼 하늘을 바라보고 늘어지게도 기지개를 늘인다.

때는 한창 바쁠 추수 때이다. 농군 치고 송이 파적 나올 놈은 생겨나도 않았으리라. 허나 그는 꼭 해야만 할 일이 없었다. 싶으면 하고 말면 말고 그저 그뿐. 그러함에는 먹을 것이 더럭 있느냐면 있기커녕 부처 먹을 농토조차 없는, 계집도 없고 집도 없고 자식 없고. 방은 있대야 남의 곁방이요 잠은 새우잠이요. 하지만 오늘 아침만 해도 한 친구가 찾아와서
벼를 털 텐데 일 좀 와 해 달
라는 걸 마다하였다. 몇
푼 바람에 그까짓 걸 누가
하느냐. 보다는 송이가 좋
았다. 왜냐면 이 땅 삼천리강산에 늘여 놓인 곡식이 말
짱 누 거람. 먼저 먹는 놈이 임자 아니야. 먹다 걸릴 만
치 그토록 양식을 쌓아 두고 일이 다 무슨 난장 맞을 일
이람. 걸리지 않도록 먹을 궁리나 할 게지. 하기는 그도
한 세 번이나 걸려서 구메밥으로 사관을 텄다. 마는 결
국 제 밥상 위에 올라앉은 제 몫도 자칫하면 먹다 걸리
긴 매일반……

올라갈수록 덤불은 욱었다. 머루며 다래, 칡, 게다 이
름 모를 잡초. 이것들이 위아래로 이리저리 서리어 좀
체 길을 내지 않는다. 그는 잔딧길로만 돌았다. 넓적다
리가 벌쭉이는 찢어진 고의 자락을 아끼며 조심조심 사
려 딘는다. 손에는 칡으로 엮어 든 일곱 개 송이. 늙은
소나무마다 가선 두리번거린다. 사냥개 모양으로 코로
쿡, 쿡, 내를 한다. 이것도 송이 같고 저것도 송이. 어떤
게 알짜 송인지 분간을 모른다. 토끼 똥이 소보록한데

갈잎이 한 잎 똑 떨어졌다. 그 잎을 살며시 들어 보니 송이 대구리가 불쑥 올라왔다. 매우 큰 송인 듯. 그는 반색하여 그 앞에 무릎을 털썩 꿇었다. 그리고 그 위에 두 손을 내들며 열 손가락을 다 펴 들었다. 가만가만히 살살 흙을 헤쳐 본다. 주먹만 한 송이가 나타난다. 애 이놈 크구나. 손바닥 위에 따 올려놓고는 한참 들여다 보며 싱글벙글한다. 우중충한 구석으로 바위는 벽같이 깎아 질렸다. 그 중턱을 얽어 나간 칡잎에서는 물이 쪼록쪼록 흘러내린다. 인삼이 썩어 내리는 약수라 한다. 그는 돌 위에 걸터앉으며 또 한 번 하품을 하였다. 간밤 쓸데없는 노름에 밤을 팬 것이 몹시 나른하였다. 다사 로운 햇발이 숲을 새어 든다. 다람쥐가 솔방울을 떨어 치며, 어여쁜 할미새는 앞에서 알씬거리고. 동리에서는 타작을 하느라고 와글거린다. 흥겨워 외치는 목성, 그 걸 엎누르고 공중에 웅, 웅 진동하는 벼 터는 기계 소 리. 맞은쪽 산속에서 어린 목동들의 노래가 처량히 울 려온다. 산속에 묻힌 마을의 전경을 멀리 바라보다가 그는 눈을 찌긋하며 다시 한 번 하품을 뽑는다. 이 웬 놈의 하품일까. 생각해 보니 어제 저녁부터 여태껏 창 자가 곯린 든 것이다. 불현듯 송이 꾸러미에서 그중 크고 먹음 직한 놈을 하나 뽑아 들었다.

응칠이는 그 송이를 물에 써억써억 비벼서는 떡 벌어진 대구리부터 걸쌍스레 덥석 물어 떼었다. 그리고 넓죽한 입이 움질움질 씹는다. 혀가 녹을 듯이 만질만질하고 향기로운 그 맛. 이렇게 훌륭한 놈을 입맛만 다시고 못 먹다니. 문득 옛 추억이 혀끝에 뱅뱅 돈다. 이놈을 맛보는 것도 참 근자의 일이다. 감불생심이지 어디 냄새나 똑똑히 맡아 보리. 산속으로 쏘다니다 백판 못 따기도 하려니와 더러 딴다는 놈은 행여 상할까 봐 손도 못 대게 하고 집에 내려다 모고 모고 하는 것이다. 그러나 요행히 한 꾸러미 차면 금시로 장에 가져다 판다. 이틀 사흘씩 공때린 거로되 잘하면 사십 전, 못 받으면 이십오 전. 저녁거리를 기다리는 아내를 생각하며 좁쌀 서너 되를 손에 사 들고 어두운 고개티를 터덜터덜 올라오는 건 좋으나 이 신세를 뭣에 쓰나 하고 보면 을프냥궂기 (을씨년스럽기)가 짝이 없겠고 — 이까짓 걸 못 먹어, 그래 홧김에 또 한 놈을 뽑아 들고 이번엔 물에 흙도 씻을 새 없이 그대로 텁석거린다. 그러나 다른 놈들도 별수 없으렷다. 이 산골이 송이의 본 고향이로되 아마 1년에 한 개조차 먹는 놈이 드물리라.

'흠, 썩어진 두상들!'

그는 폭넓은 얼굴을 일그리며 남이나 들으란 듯이 이렇게 비웃는다. 썩었다 함은 데생겼다 모멸하는 그의 언투이었다. 먹다 나머지 송이 꽁다리를 바로 자랑스레 입에다 치뜨리곤 트림을 섞어 가며 우물거린다.

송이 두 개가 들어가니 인제는 더 먹을 재미가 없다. 뭔가 좀 든든한 걸 먹었으면 좋겠는데. 떡, 국수, 말고기, 개고기, 돼지고기, 그렇지 않으면 쇠고기냐. 아따 궁한 판이니 아무거나 있으면 속종으로 여러 가질 먹으며 시름없이 앉았다. 그는 눈꼴이 슬그머니 돌아간다. 웬 놈의 닭인지 암탉 한 마리가 조 아래 무덤 앞에서 뺑뺑 맨다. 골골거리며 감도는 걸 보매 아마 알자리를 보는 맥이라. 그는 돌에서 궁둥이를 들었다. 낮은 하늘로 외면하여 못 본 척하고 닭을 향하여 저편으로 널찍이 돌아내린다. 그러나 무덤까지 왔을 때 몸을 돌리며,

"후, 후, 후, 이 자식이 어딜 가, 후!"

두 팔을 벌리고 쫓아간다. 산꼭대기로 치모니 닭은 하동지동 갈 길을 모른다. 요리 매낀 조리 매낀, 꼬꼬댁거

리며 속만 태울 뿐. 그러나 바위틈에 끼어 와살스러운 그 주먹에 모가지가 둘로 나기에는 불과 몇 분 못 걸렸다.

그는 으슥한 숲 속으로 찾아들었다. 닭의 껍질을 홀랑 까고서 두 다리를 들고 찢으니 배창이 옆구리로 꿰진다. 그놈을 긁어 뽑아서 껍질과 한데 뭉치어 흙에 묻어 버린다.

고기가 생기고 보니 연하여 나느니 막걸리 생각. 이걸 부글부글 끓여 놓고 한 사발 떡 켰으면 똑 좋을 텐데 제 — 기. 응칠이의 고기는 어디 떨어졌는지 술집까지 못 가는 고기였다. 아무려나 고기 먹구 술 먹구 거꾸론 못 먹느냐. 그는 닭의 가슴패기를 입에 들이대고 쭉쭉 찢어 가며 먹기 시작한다. 쫄깃쫄깃한 놈이 제법 맛이 들었다. 가슴을 먹고 넓적다리, 볼기짝을 먹고 거반 반쪽을 다 해내고 나니 어쩐지 맛이 좀 적었다. 결국 음식이란 양념을 해야 하는군.

수풀 속으로 그냥 내던지고 그는 설렁설렁 내려온다. 솔숲을 빠져 화전께로 내리려 할 제 별안간 등 뒤에서,

"여보게, 거 응칠이 아닌가!"

고개를 돌려 보니 대장간 하는 성팔이가 작달막한 체수

에 들갑작거리며 고개를 넘어온
다. 그런데 무슨 긴한 일이나 있
는지 부리나케 달려들더니
"자네 응고개 논의 벼 없어진
거 아나?"
응칠이는 고만 가슴이 덜컥 내
려앉았다. 이 바쁜 때 농군의 몸으로 응고개까지 앨 써
갈 놈도 없으려니와 또한 하필 절 보고 벼의 없어짐을
말하는 것이 여간 심상치 않은 일이었다.
잡담 제하고 응칠이는
"자넨 어째서 응고개까지 갔던가?"
하고 대담스레도 그 눈을 쏘아보았다. 그러나 성팔이는
조금도 겁먹는 기색 없이
"아 어쩌다 지냈지 뭘 그래."
하며 도리어 얼레발을 치고 덤비는 수작이다. 고얀 놈,
응칠이는 입때 다녀야 동무를 팔아 배를 채우는 그런
비열한 짓은 안 한다. 낯을 붉히자 눈에 불이 보이며
"어쩌다 지냈다?"
응칠이가 이 동리에 들어온 것은 어느덧 달이 넘었다.
인제는 물릴 때도 되었고, 좀 떠 보고자 생각은 간절하

나 아우의 일로 말미암아 망설거리는 중이었다.

그는 오라는 데는 없어도 갈 데는 많았다. 산으로 들로 해변으로 발부리 놓이는 곳이 즉 가는 곳이었다.

그러나 저물면은 그대로 쓰러진다. 남의 방앗간이고 헛간이고 혹은 강가, 시새장(모래더미), 물론 수가 좋으면 괴때기(괴꼴) 위에서 밤을 편히 잘 적도 있었다. 이렇게 하여 강원도 어수룩한 산골로 이리 넘고 저리 넘고 못 간 데 별로 없이 유람 겸 편답하였다.

그는 한구석에 머물러 있음은 가슴이 답답할 만치 되우 괴로웠다. 그렇다고 응칠이가 본시 역마직성이냐 하면 그런 것도 아니다. 그도 5년 전에는 사랑하는 아내가 있었고

아들이 있었고 집도 있었고, 그때야 어딜 하루라고 집을 떨어져 보았으랴. 밤마다 아내와 마주 앉으면 어찌 하면 이 살림이 좀 늘어 볼까 불어 볼까, 애간장을 태우며 같은 궁리를 되하고 되하였다. 마는 별 뾰족한 수는 없었다. 농사는 열심으로 하는 것 같은데 알고 보면 남는 건 겨우 남의 빚뿐. 이러다가는 결말엔 봉변을 면치

못할 것이다. 하루는 밤이 깊어서 코를 골며 자는 아내를 깨웠다. 밖에 나가 우리의 세간이 몇 개나 되는지 세어 보라 하였다. 그리고 저는 벼루에 먹을 갈아 붓에 찍어 들었다. 벽을 바른 신문지는 누렇게 그을었다. 그 위에다 아내가 불러 주는 물목대로 일일이 내려 적었다. 독이 세 개, 호미가 둘, 낫이 하나로부터 밥사발, 젓가락, 짚이 석 단까지 그담에는 제가 빚을 얻어 온 데, 그 사람들의 이름을 쭉 적어 놓았다. 금액은 제각기 그 아래다 달아 놓고, 그 옆으론 조금 사이를 떼어 역시 조선문으로 나의 소유는 이것밖에 없노라, 나는 오십사 원을 갚을 길이 없으매 죄진 몸이라 도망하니 그대들은 아예 싸울 게 아니겠고 서로 의논하여 억울치 않도록 분배하여 가기 바라노라 하는 의미의 성명서를 벽에 남기자 안으로 문들을 걸어 닫고 울타리 밑구멍으로 세 식구 빠져나왔다.

이것이 응칠이가 팔자를 고치던 첫날이었다.

그들 부부는 돌아다니며 밥을 빌었다. 아내가 빌어다 남편에게, 남편이 빌어다 아내에게. 그러자 어느 날 밤 아내의 얼굴이 썩 슬픈 빛이었다. 눈보라는 살을 엔다. 다 쓰러져 가는 물방앗간 한구석에서 섬을 두르고 언내에게 젖을 먹이며 떨고 있더니 여보게유 하고 고개를 돌린다. 왜, 하니까 그 말이, 이러다간 우리도 고생일뿐더러 첫째 언내를 잡겠수, 그러니 서로 갈립시다 하는 것이다. 하긴 그럴 법한 말이다. 쥐뿔도 없는 것들이 붙어 다닌댔자 별수는 없다. 그보다는 서로 갈리어 제 맘대로 빌어먹는 것이 오히려 가뜬하리라. 그는 선뜻 응낙하였다. 아내의 말대로 개가를 해 가서 젖먹이나 잘 키우고 몸 성히 있으면 혹 연분이 닿아 다시 만날지도 모르니까 마지막으로 아내와 같이 땅바닥에 나란히 누워 하룻밤을 떨고 나서 날이 훤해지자 그는 툭툭 털고 일어섰다.

매팔자란 응칠이의 팔자이겠다.

그는 버젓이 게트림으로 길을 걸어야 걸릴 것은 하나도 없다. 논 맬 걱정도, 호포 바칠 걱정도, 빚 갚을 걱정, 아내 걱정, 또는 굶을 걱정도. 회동그라니 털고 나서니 팔자 중에는 아주 상팔자다. 먹고만 싶으면 도야지구, 닭이구, 개구, 언제나 옆을 떠날 새 없겠지. 그리고 돈, 돈도……

그러나 주재소는 그를 노려보았다. 툭하면 오라, 가라 하는데 학질이었다. 어느 동리고 가 있다가 불행히 일만 나면 누구보다도 그부터 붙들려 간다. 왜냐면 그는 전과 사범이었다. 처음에는 도박으로, 다음엔 절도로, 또 고담에도 절도로, 절도로……

그러나 이번 멀리 아우를 방문함은 생활이 궁하여 근대러 왔다거나 혹은 일을 해 보러 온 것은 결코 아니었다. 혈족이라곤 단 하나의 동생이요, 또한 오래 못 본지라 때 없이 그리웠다. 그래 모처럼 찾아온 것이 뜻밖에 덜컥 일을 만났다.

지금까지 논의 벼가 서 있다면 그것은 성한 사람의 짓이라 안 할 것이다.

응오는 응고개 논의 벼를 여태 베지 않았다. 물론 응오가 베어야 할 것이나 누가 듣던지 그 형 응칠이를 먼저 의심하리라. 그럼 여기에 따르는 모든 책임을 응칠이가 혼자 지지 않으면 안 될 것이다.

응오는 진실한 농군이었다. 나이 서른하나로 무던히 철났다 하고 동리에서 쳐 주는 모범 청년이었다. 그런데 벼를 베지 않는다. 남은 나들 거둬들였고 털기까지 하런만 그는 뻴 생각조차 않는 것이다.

지주라든 혹은 그에게 장리를 놓은 김 참판이든 뻔질 찾아와 벼를 베라 독촉하였다.

"얼른 털어서 낼 건 내야지."

하면 그 대답은

"계집이 죽게 됐는데 벼는 다 뭐지유."

하고 한결같이 내뱉는 소리뿐이었다.

하기는 응오의 아내가 지금 기지사경이매 틈은 없었다 하더라도 돈이 놀아서 약을 못 쓰는 이 판이니 진시 벼라도 털어야 할 것이다.

그러면 왜 안 털었던가……

그것은 작년 응오와 같이 지주 문전에 서 타작을 하던 친구라면 묻지는 않으리라. 한 해 동안 애를 졸이며 홑자식 모양으로 알뜰히 가꾸던 그 벼를 거둬 들임은 기쁨에 틀림없었다. 꼭두새벽 부터 엣, 엣 하며 괴로움을 모른다. 그

러나 캄캄하도록 털고 나서 지주에게 도지를 제하고, 장리쌀을 제하고 색조를 제하고 보니 남는 것은 등줄기를 흐르는 식은땀이 있을 따름. 그것은 슬프다 하니보

다 끝없이 부끄러웠다. 같이 털어 주던 동무들이 뻔히 보고 섰는데 빈 지게로 덜렁거리며 집으로 돌아오는 건 진정 열없기 짝이 없는 노릇이었다. 참다 참다 응오는 눈에 눈물이 흘렀던 것이다.

가뜩한데 엎치고 덮치더라고 올해는 고나마 흉작이었다. 샛바람과 비에 벼는 깨깨 배틀렸다. 이놈을 가을하다간 먹을 게 남지 않음은 물론이요, 빚도 다 못 가릴 모양. 에라, 빌어먹을 거. 너들끼리 캐다 먹든 말든 멋대로 하여라 하고 내던져 두지 않을 수 없다. 벼를 거뒀다고 말만 나면 빚쟁이들은 우 — 몰려들 거니깐.

응칠이의 죄목은 여기에서도 또렷이 드러난다. 국으로 가만만 있었으면 좋은 걸, 이 사품에 뛰어들어 지주의 뺨을 제법 갈긴 것이 응칠이었다.

처음에야 그럴 작정이 아니었다. 그는 여러 곳 물을 마신 이만치 어지간히 속이 튄 건달이었다. 지주를 만나 까놓고 썩 좋은 소리로 의논하였다. 올 농사는 반실이니 도지도 좀 감해 주는 게 어떠냐고. 그러나 지주는 암말 없이 고개를 모로 흔들었다. 정 이러면 하여튼 1년 품은 빼야 할 테니 나는 그 논에다 불을 지르겠수 하여도 삼자고 응치 않는다. 지주로 보면 자기로도 그 벼는

넉넉히 거둬들일 수는 있
다. 마는 한번 버릇을 잘
못해 놓으면 어느 작인까
지 행실을 버릴까 염려하여 곁
으로 독촉만 하고 있는 터이었다. 실
상이야 고까짓 벼쯤 있어도 고만 없어도
고만. 그 심보를 눈치 채고 응칠이는 화를 벌
컥 낸 것만은 좋으나 저도 모르게 대뜸 주먹뺨이 들어
갔던 것이다.

이렇게 문제 중에 있는 벼인데 귀신의 놀음 같은 변괴
가 생겼다. 다시 말하면 벼가 없어졌다. 그것도 병들어
쓰러진 쭉정이는 제쳐 놓고 무얼로 그랬는지 알짬 이삭
만 따 갔다. 그 면적으로 어림하면 아마 못 돼도 한 댓
말가량은 될는지.

응칠이가 아침 일찍이 그 논께로 노닐자 이걸 발견하고
기가 막혔다. 누굴 성가시게 굴려고 그러는지. 산속에
파묻힌 논이라 아직은 본 사람이 없는 모양 같다. 허나
동리에 이 소문이 퍼지기만 하면 저는 어느 모로던 혐
의를 받아 폐는 좋이 입어야 될 것이다.

응칠이는 송이도 송이려니와 실상은 궁리에 바빴다. 속

종으로 지목 갈 만한 놈을 여럿 들어 보았으나 이렇다 짚을 만한 증거가 없다. 어쩌면 재성이나 성팔이 이 둘 중의 짓이리라 하고 결국 이렇게 생각턴 것도 응칠이가 아니면 안 될 것이다.

원수는 외나무다리에서 만났다.

응칠이는 저의 짐작이 들어맞음을 알고 당장에 일을 낼 듯이 성팔이의 눈을 들이노렸다.

성팔이는 신이 나서 떠들다가 그 눈총에 어이가 질리어 고만 벙벙하였다. 그리고 얼굴이 해쓱하여 마주 대고 쳐다보더니

"그래 자네 왜 그케 노하나. 지내다 보니깐 그렇길래 일테면 자네 보구 얘기지 뭐?……."

하고 뒷갈망을 못하여 우물쭈물한다.

"노하긴 누가 노해……."

응칠이는 뻐팅겼던 몸에 좀 더 힘을 올리며

"응고개를 어째 갔드냐 말이지?"

"놀러 갔다 오는 길인데 우연히……."

"놀러 갔다, 거기가 노는 덴가?"

"글쎄, 그렇게까지 물을 게 뭔가, 난 응고개 아니라 서울은 못 갈 사람인가."

하다가 성팔이는 속이 타는지 코로 흐응, 하고 날숨을 길게 뽑는다.

이렇게 나오는 데는 더 물을 필요가 없었다. 성팔이란 놈도 여간내기가 아니요, 구장네 솥인가 뭔가 떼다 먹고 한 번 다녀온 놈이었다. 많이 사귀지는 못했으나 동리 평판이 그놈과 같이 다니다는 엉뚱한 일 만난다 한다. 이번에 응칠이 저 역시 그 수단에 걸렸음을 알고

"그야 응고개라구 못 갈 리 없을 테……."

하고 한번 엇먹다, 그러나 자네두 알다시피 거 어디야, 거기 바로 길이 있다든지 사람 사는 동리라면 혹 모른다 하지마는 성한 사람이야 응고개엘 뭘 먹으러 가나, 그렇지 자네야 심심하니까 하고 앞을 꽉 눌러 등을 떠본다.

여기에는 대답 없고 성팔이는 덤덤히 쳐다만 본다. 무엇을 생각했는가 한참 있더니 호주머니에서 단풍갑을 꺼낸다. 우선 제가 한 개를 물고 또 하나를 뽑아 내대며

"권연 하나 피게."

매우 든직한 낯을 해 보인다.

이놈이 이에 밝기가 몹시 밝은 성팔이다. 턱없이 권연 하나라도 선심을 쓸 궐자가 아니리라 생각은 하였으나 그렇다고 예까지 부르대는 건 도리어 저의 처지가 불리 하다. 그것은 짜장 그 손에 넘는 짓이니

"아, 웬 권연은 이래……."

하고 슬쩍 눙치며

"성냥 있겠나?"

일부러 불까지 그어 대게 하였다.

응칠이에게 액을 떠넘기어 이용하려는 고 야심을 생각 하면 곧 달려들어 다리를 꺾어 놔야 옳을 것이다. 그러 나 이 마당에 떠들어 대고 보면 저는 드러누워 침 뱉기. 결국 도적은 뒤로 잡지 앞에서 어르는 법이 아니다. 동 리에 소문이 퍼질 것만 두려워하며,

"여보게―자네가 했건 내가 했건 간."

하고 과연 정다이 그 등을 툭 치고 나서

"우리 둘만 알고 동리에 말은 내지 말게."

하다가 성팔이가 이 말에 되우 놀라며 눈을 말뚱말뚱 뜨니

"그까짓 벼쯤 먹으면 어떤가!"

하고 껄껄 웃어 버린다.

성팔이는 한 굽 접히어 말문이 메었는지 얼떨하여 입맛만 다신다.

"아예 말은 내지 말게, 응 알지?"

하고 다시 다질 때에야 겨우 주저주저 입을 열어

"내야 무슨 말을 내겠나."

하고 조금 사이를 떼어 또

"내야 무슨 말을……. 그건 염려 말게."

하더니 비실비실 몸을 돌리어 저 갈 길을 내걷는다. 그러나 저 앞 고개까지 가는 동안에 두 번이나 돌아다보며 이쪽을 살피고 살피고 한 것만은 사실이었다.

응칠이는 그 꼴을 이윽히 바라보고 입 안으로 "죽일 놈" 하였다. 아무리 도적이라도 같은 동료에게 제 죄를 넘겨씌우려 함은 도저히 의리가 아니다.

그건 그렇다 치고 응오가 더 딱하지 않은가. 기껏 힘들여 지어 놓았다 남 좋은 일한 것을 안다면 눈이 뒤집힐 일이겠다.

이래서야 어디 이웃을 믿어 보겠는가.

확적히 증거만 있어 이놈을 잡으면 대번에 요절을 내리라 결심하고 응칠이는 침을 탁 뱉어 던지고 산을 내려온다.

그런데 그놈의 행티로 가늠
보면 응칠이 저만치는 때가
못 벗은 도적이다. 어느 미
친놈이 논두렁에까지 가새
를 들고 오는가. 격식도 모르
는 푸뚱이(풋내기)가. 그러려면 바
로 조 낟가리나 수수 낟가리 말이지. 그 속에 들어앉아
가새로 속닥거려야 들킬 리도 없고 일도 편하고. 두 포
대고 세 포대고 마음껏 딸 수도 있다. 그러다 틈 보고
집으로 나르면 고만이지만 누가 논의 벼를 다. 그렇게
도 벼에 걸신이 들렸다면 바로 남의 집 머슴으로 들어
가 한 달포 동안 주인 앞에 얼렁거리는 것이거니와 신
용을 얻어 놨다가 주는 옷이나 얻어 입고 다들 잠들거
든 볏섬이나 두둑이 짊어 메고 덜렁거리면 그뿐이다.
이건 맥도 모르는 게 남도 못살게 굴려고. 에 — 이 망
할 자식두. 그는 분노에 살이 다 부들부들 떨리는 듯싶
었다. 그러나 이런 좀도적이란 뽕이 나기 전에는 바짝
물고 덤비는 법이었다. 오늘 밤에는 요놈을 지켰다 꼭
붙들어 가지고 정강이를 분질러 놓으리라. 밥을 먹고는

태연히 막걸리 한 사발을 껄떡껄떡 들이켜자

"커, 가을이 되니깐 맛이 한결 낫군!"

그는 주먹으로 입가를 쓱쓱 훔친 다음 송이 꾸러미에서 세 개를 뽑는다. 그리고 그걸 갈퀴같이 마른 주막 할머니 손에 내어 주며

"엣수, 송이나 잡숫게유!"

하고 술값을 치렀으나

"아이 송이두 고놈 참."

간사를 피우는 것이 겉으로는 반기는 척하면서도 좀 시쁜 모양이다. 제 딴은 한 개에 3전씩 치더라도 9전밖에 안 되니깐.

응칠이는 슬며시 화가 나서 그 얼굴을 유심히 들여다보았다. 옴폭 들어간 볼때기에 저건 또 왜 저리 멋없이 불거졌는지 툭 나온 광대뼈 하구 치마 아래로 남실거리는 발가락은 자칫 잘못 보면 황새 발목이니 이건 언제 잡아가려고 남겨 두는 거야. 보면 볼수록 하나 이쁜 데가 없다. 한두 번 먹은 것두 아니요 언젠간 울타리께 풀을 베어 주고 술 사발이나 얻어먹은 적도 있었다. 그렇게 야멸치게 따질 건 뭔가. 그는 눈살을 흘깃 맞추고는 하나를 더 꺼내어

"엣수, 또 하나 잡숫게유."

내던져 주곤 댓돌에 가래침을 탁 뱉었다.

그제야 직성이 좀 풀리는지 그 가축으로 웃으며

"아이구, 이거 자꾸 줌 어떡해."

"어떡허긴, 자꾸 살찌게유."

하고 한마디 툭 쏘고 일어서다가 무엇을 생각함인지 다시 툇마루에 주저앉았다.

"그런데 참 요즘 성팔이 보셨수?"

"아 — 니, 당최 볼 수가 없더구먼."

"술두 안 먹으러 와유?"

"안 와."

하고는 입속으로 뭐라고 종잘거리며 의아한 낮을 들더니

"왜, 또 뭐 일이……."

"아니유, 본 지가 하 오래니깐."

웅칠이는 말끝을 얼버무리고 고개를 돌려 한데를 바라본다. 벌써 점심때가 되었는지 닭들이 요란히 울어 댄다. 논둑의 미루나무는 부 하고 또 부 하고 잎이 날리며 팔랑팔랑 하늘로 올라간다.

"성팔이가 이 말에서 얼마나 살았지유?"

"글쎄, 재작년 가을이지 아마."

하고 장죽을 빡빡 빨더니,

"근데 또 떠난대든걸, 홍천인가 어디 즈 성님한테로 간대."

하고 그게 옳지 여기서 뭘 하느냐. 대장간이라고 일이나 많으면 모르거니와 밤낮 파리만 날리는걸. 그보다는 즈 형이 크게 농사를 짓는대니 그 뒤나 거들어 주고 국으로 얻어먹는 게 신상에 편하겠지. 그래 불일간 처자식을 데리고 아마 떠나리라고 하고

"농군은 그저 농사를 지야 돼."

"낼 술 먹으러 또 오지유……."

간단히 인사만 하고 응칠이는 다시 일어났다.

주막을 나서니 옷깃을 스치는 개운한 바람이다. 밭 둔덕의 대추는 척척 늘어진다. 머지않아 겨울은 또 오렸다. 그는 응오의 집을 바라보며 그간 죽었는지 궁금하였다.

응오는 봉당에 걸터앉았다. 그 앞 화로에는 약이 바글바글 끓는다. 그는 정신없이 들여다보고 앉았다.

우중중한 방에서는 아내의 가쁜 숨소리가 들린다. 색,

색 하다가 아이구 하고는 까부라지게 콜록거린다. 가래
가 치밀어 몹시 괴로운 모양 — 뽑아 줄 사이가 없이 풀
들은 뜰에 엉겼다. 흙이 드러난 지붕에서 망초가 휘어
청휘어청. 바람은 가끔 찾아와 싸리문을 흔든다. 그럴
적마다 문은 을씨년스럽게 삐 — 꺽 삐 — 꺽. 이웃의
발발이는 부엌에서 한창 바쁘게 달그락거린다. 마는 아
침에 아내에게 먹이고 남은 조죽밖에야. 아니 그것도
참 남편마저 긁었으니 사발에 붙은 찌꺼기뿐이리라.

"거, 다 졸았나 부다."

응칠이는 약이란 너무 졸면
못쓰니 고만 짜 먹이라 하였
다. 약이라야 어젯저녁 울

뒤에서 옭아 들인 구렁이지만.

그러나 응오는 듣고도 흘렸는지 혹은 못 들었는지 잠자
코 고개도 안 든다.

"엣다. 송이 맛이나 봐라."

하고 형이 손을 내밀 제야 겨우 시선을 들었으나 술이
거나한 그 얼굴을 거북살스레 훑어본다. 그리고 송이를
고맙지 않게 받아 방으로 치뜨리고는

"이거나 먹어."

하다가

"뭐?"

소리를 크게 질렀다. 그래도 잘 들리지 않으므로

"뭐야 뭐야, 좀 똑똑히 하라니깐?"

하고 골피(눈살)를 찌푸린다.

그러나 아내는 손짓만으로 무슨 소린지 알 수가 없다. 음성으로 치느니보다 종이 비비는 소리랄지, 그걸 듣기에는 지척도 멀었다.

가만히 보다 응칠이는 제가 다 불안하여

"뒤보겠다는 게 아니냐."

"그럼 그렇다 말이 있어야지."

남편은 이내 짜증을 내며 몸을 일으킨다. 병약한 아내의 음성이 날로 변하여 감을 시방 안 것도 아니련만…….

그는 방바닥에 늘어져 꼬치꼬치 마른 반송장을 조심히 일으키어 등에 업었다.

울 밖 밭머리에 잿간은 놓였다. 머리가 눌릴 만치 납작한 갑갑한 굴속이다. 게다 거미줄은 예제없이 엉키었다. 부출돌 위에 내려놓으니 아내는 벽을 의지하여 웅크리고 앉는다. 그리고 남편은 눈을 멀뚱멀뚱 뜨고 지키고 섰는 것이다.

이 꼴들을 멀거니 바라보다 응칠이는 마뜩잖게 코를 횅
풀며 입맛을 다시었다. 응오의 짓이 어리석고 울화가
터져서이다. 요즘 응오가 형에게 잘 말도 않고 왜 어뜩
비뜩하는지 그 속은 응칠이도 모르는 바 아닐 것이다.

응오가 이 아내를 찾아올 때
꼭 3년간을 머슴을 살았다.
그처럼 먹고 싶던 술 한잔 못
먹었고, 그처럼 침을 삼키던
그 개고기 한 매 물론 못 샀
다. 그리고 사경을 받는 대로
꼭꼭 장리를 놓았으니 후일 선채로 썼던 것이다. 이렇
게까지 근사를 모아 얻은 계집이련만 단 두 해가 못 가
서 이 꼴이 되고 말았다.

그러나 이 병이 무슨 병인지 도시 모른다. 의원에게 한
번이라도 변변히 봬 본 적이 없다. 혹 안다는 사람의 말
인즉 노점(폐결핵)이니 어렵다 하였다. 돈만 있다면야
노점이고 염병이고 알 바가 못 될 거로되 사날 전 거리
로 쫓아 나오며

"성님."

하고 팔을 챌 적에는 응
오도 어지간히 급한 모
양이었다.

"왜?"

응칠이가 몸을 돌리니 허둥지둥 그 말이 인제는 별도리
가 없다. 있다면 꼭 한 가지가 남았으니 그것은 엊그저
께 산신을 부리는 노인이 이 마을에 오지 않았는가. 그
도인이 응오를 특히 동정하여 십오 원만 들여 산치성을
올리면 씻은 듯이 낫게 해 주리라는데

"성님은 언제나 돈 만들 수 있지유?"

"거, 안 된다. 치성 드려 날 병이 그냥 안 낫겠니."

하여 여전히 딱 떼고 그러게 내 뭐래던, 대견에(서로 대
면할 때) 계집 다 내버리고 날 따라 나서랬지, 하고

"그래 농군의 살림이란 제 목매기라지!"

그러나 아우가 암 말 없이 몸을 홱 돌려 집으로 들어갈
제 응칠이는 속으로 또 괜한 소리를 했구나, 하였다.

응오는 도로 아내를 업어다 방에 뉘었다. 약은 다 졸았
다. 물이 식기 전 짜야 할 것이다. 식기를 기다려 약사
발을 입에 대어 주니 아내는 군말 없이 그 구렁이물을
껄떡껄떡 들이마신다.

응칠이는 마당에 우두커니 앉았다. 사람의 목숨이란 과
연 중하군, 하였다. 그러나 계집이라는 저 물건이 그렇
게 떼기 어렵도록 중할까, 하니 암만 해도 알 수 없고

"너 참 요 건너 성팔이 알지?"

"……."

"너허구 친하냐?"

"……."

"성이 뭐래는데 거 대답 좀 하렴."

하고 소리를 빽 질러도 아우는 대답은 말고 고개도 안
든다.

그러나 응칠이는 하늘을 쳐다보고 트림만 끄윽, 하고
말았다. 술기가 코를 콱콱 찔러야 할 터인데 이건 풋김
치 냄새만 코 밑에서 뱅뱅 돈다. 공짜 김치만 퍼먹을 게
아니라 한잔 더 했다면 좋았을걸. 그는 일어서서 대를
허리에 꽂고 궁둥이의 흙을 털었다. 벼 도적맞은 이야
기를 할까, 하다가 아서라 가뜩이나 울상이 속이 쓰릴
것이다. 그보다는 이놈을 잡아 놓고 나중 희짜(짐짓 거
들먹거리며 얄밉게 구는)를 뽑는 것이 점잖겠지.

그는 문밖으로 나와 버렸다.

답답한 아우의 살림을 보니 역시 답답하던 제 살림이

연상되고 가슴이 두 몫 답답하였다.

이런 때에는 무가 십상이다.

사실 하느님이 무를 마련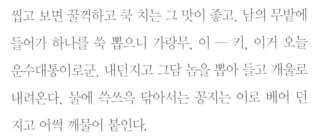
해 낸 것은 참으로 은혜로
운 일이다. 맥맥할 때 한 개를
씹고 보면 꿀꺽하고 쿡 치는 그 맛이 좋고. 남의 무밭에
들어가 하나를 쑥 뽑으니 가랑무, 이 — 키, 이거 오늘
운수대통이로군. 내던지고 그담 놈을 뽑아 들고 개울로
내려온다. 물에 쓱쓰윽 닦아서는 꽁지는 이로 베어 던
지고 어썩 깨물어 붙인다.

개울 둔덕에 포플러는 호젓하게도 묘출(싹이 나옴)이 컸
다. 자갈돌은 고 밑에 옹기종기 모였다. 가생이로 잔디
가 소보록하다. 응칠이는 나가자빠져 마을을 건너다보
며 눈을 멀뚱멀뚱 굴리고 누웠다. 산에 뺑뺑 둘리어 숨
이 콕 막힐 듯한 그 마음……

 아리랑 아리랑 아라리요
 아리랑 띄어라 노다 가세
 증기차는 가자고 왼 고동 트는데
 정든 님 품 안고 낙루낙루

아리랑 아리랑 아라리요

아리랑 띄어라 노다 가세

낼 갈지 모레 갈지 내 모르는데

옥씨기 강낭이는 심어 뭐 하리

아리랑 아리랑 아라리요

아리랑 띄어라……。

그는 콧노래를 이렇게 흥얼거리다 갑작스레 강릉이 그
리웠다. 펄펄 뛰는 생선이 좋고 아침 햇발에 비끼어 힘
차게 출렁거리는 그 물결이 좋고. 이까짓 둠(두메) 구석
에서 쪼들리는 데 대다니. 그래도 저의 딴은 무어 농사
좀 지었답시고 악을 복복 쓰며 잘도 떠들어 댄다. 하지
만 그런 중에도 어디인가 형언치 못할 쓸쓸함이 떠돌지
않는 것도 아니다. 삼십여 년 전 술을 빚어 놓고 쇠를
울리고 흥에 질리어 어깨춤을 덩실거리고 이러던 가을

과는 저 딴 쪽이다. 가을이 오면 기쁨에 넘쳐야 될 시골이 점점 살기만 띠어 옴은 웬일일꼬. 이렇게 보면 재작년 가을 어느 밤 산중에서 낫으로 사람을 찍어 죽인 강도가 문득 머리에 떠오른다. 장을 보고 오는 농군을 농군이 죽였다. 그것도 많이나 되었으면 모르되 빼앗은 것이 한갓 동전 네 닢에 수수 일곱 되. 게다 흔적이 탄로 날까 하여 낫으로 그 얼굴의 껍질을 벗기고 조깃대강이 이기듯 끔찍하게 남기고 조긴 망나니다. 흉악한 자식. 그 알량한 돈 4전에 나 같으면 가여워 덧돈을 주고라도 왔으리라. 이번 놈은 그따위 각다귀(남의 것을 뜯어먹고 사는 사람을 비유)나 아닐는지 할 때 찬 김과 아울러 치미는 소름에 머리끝이 다 쭈뼛하였다. 그간 아우의 농사를 대신 돌봐 주기에 이럭저럭 날이 늦었다. 오늘 밤에는 이놈을 다리를 꺾어 놓고 내일쯤은 봐서 설렁설렁 뜨는 것이 옳은 일이겠다. 이 산을 넘을까 저 산을 넘을까 주저거리며 속으로 점을 치다가 슬그머니 코를 골아 올린다.

밤이 내리니 만물은 고요히 잠이 든다. 검푸른 하늘에 산봉우리는 울퉁불퉁 물결을 치고 흐릿한 눈으로 별은 떴다. 그러다 구름 떼가 몰려 닥치면 캄캄한 절벽이 된

다. 또한 마을 한복판에는 거친 바람이 오락가락 쓸쓸히 궁굴고(딍굴고) 이따금 코를 찌름은 후련한 산사 내음, 북쪽 산 밑 미루나무에 싸여 주막이 있는데 유달리 불이 반짝인다. 노세, 노세, 젊어서 놀아. 노랫소리는 나직나직 한산히 흘러온다. 아마 벼를 뒷심 대고 외상이리라.

응칠이는 잠자코 벌떡 일어나 바깥으로 나섰다. 그리고 다 나와서야 그 집 친구에게 눈치를 안 채이도록

"내 잠깐 다녀옴세!"

"어딜 가나?"

친구는 웬 영문을 몰라서 뻔히 치어다보다 밤이 이렇게 늦었으니 나갈 생각 말고 어여 이리 들어와 자라 하였다. 기껏 둘이 앉아서 개코쥐코(쓸데없는 이야기로 이러쿵저러쿵하는 모양) 떠들다가 갑자기 일어서니깐 꽤 이상한 모양이었다.

"건넛말 가 담배 한 봉 사 올라구."

"담배 여기 있는데 사 뭐 하나?"

친구는 호주머니에서 굳이 희연봉(희연이라는 상표의 담배 봉투)을 꺼내어 손에 들어 보이더니

"이리 들어와 섬이나 좀 쳐 주게."

"아 참 깜빡……."

하고 응칠이는 미안스러운 낯으로 뒤통수를 긁죽긁죽한다. 하기는 섬을 좀 쳐 달라고 며칠째 당부하는 걸 노름에 몸이 팔리어 고만 잊고 잊고 했던 것이다. 먹고 자고 이렇게 신세를 지면서 이건 썩 안됐다, 생각은 했지마는

"내 곧 다녀올 걸 뭐……."

어정쩡하게 한마디 남기곤 그 집을 뒤에 남긴다.

그러나 이 친구는

"그럼 곧 다녀오게."

하고 때를 재치는 법은 없었다. 언제나 여일같이

"그럼 잘 다녀오게."

이렇게 그 신상만 편하기를 비는 것이다.

응칠이는 모든 사람이 저에게 그 어떤 경의를 갖고 대하는 것을 가끔 느끼고 어깨가 으쓱거린다. 백판 모르는 사람도 데리고 앉아서 몇 번 말만 좀 하면 대번 구부러진다. 그렇게 장한 것인지 그 일을 하다가, 그 일이라

야 도적질이지만, 들어가 욕보던 이야기를 하면 그들은 눈을 커다랗게 뜨고

"아이구, 그걸 어떻게 당하셨수!"

하고 적이 놀라면서도

"그래 그 돈은 어떻게 했수?"

"또 그랠 생각이 납디까유?"

"참 우리 같은 농군에 대면 호강살이유!"

하고들 한편 썩 부러운 모양이었다. 저들도 그와 같이 진탕 먹고 살고는 싶으나 주변 없어 못 하는 그 울분에서 그런 이야기만 들어도 다소 위안이 되는 것이다. 응칠이는 이걸 잘 알고 그 누구를 논에다 거꾸로 박아 놓고 달아나다가 붙들리어 경치던 이야기를 부지런히 하며

"자네들은 안적 멀었네, 멀었어."

하고 흰소리를 치면, 그들은 옳다는 뜻이겠지, 묵묵히 고개만 꺼떡꺼떡하며 속없이 술을 사 주고 담배를 사 주고 하는 것이다.

그런데 이번 벼를 훔쳐 간 놈은 응칠이를 마구 넘보는 모양 같다. 이렇게 생각하면 응칠이는 더욱 괘씸하였다. 그는 물푸레 몽둥이를 벗 삼아 논둑길을 질러서 산

으로 올라간다.

이슥한 그믐은 칠야.

길은 어둡고 흐릿한 언저리만 눈앞에 아물거린다.

그 논까지 칠 마장은
느긋하리라. 이 마을
을 벗어나는 어귀에
고개 하나를 넘는다.

또 하나를 넘는다. 그러면 그담 고개와 고개 사이에 수
목이 울창한 산 중턱을 비켜 대고 몇 마지기의 논이 놓
였다. 응오의 논은 그중의 하나이었다. 길에서 썩 들어
앉은 곳이라 잘 뵈도 않는다. 동리에 그런 소문이 안 났
을 때에는 천행으로 본 놈이 없을 것이나 반드시 성팔
이의 성행임에는……

응칠이는 공동묘지의 첫 고개를 넘었다. 그리고 다음
고개의 마루턱을 올라섰을 때 다리가 주춤하였다. 저
왼편 높은 산 고랑에서 불이 반짝하다 꺼진다. 짐승 불
로는 너무 흐리고…… 아 — 하, 이놈들이 또 왔군. 그
는 가던 길을 옆으로 새었다. 더듬더듬 나뭇가지를 짚
으며 큰 산으로 올라탄다. 바위는 미끄러져 내리며 발
등을 찧는다. 딸기 가시에 종아리는 따갑고 엉금엉금

기어서 바위를 끼고 감돈다.

산, 거반 꼭대기에 바위와 바위가 어깨를 겯고 움쑥 들어간 굴이 있다. 풀들은 뻗치어 굴문을 막는다.

그 속에 돌라앉아서 다섯 놈이 머리들을 맞대고 수군거린다. 불빛이 샐까 염려다. 남폿불을 얕이 달아 놓고 몸들을 바싹바싹 여미어 가린다.

"어서 후딱후딱 쳐, 갑갑해서 온……."

"이번엔 누가 빠지나?"

"이 사람이지 멀 그래."

"다시 섞어, 어서 이따위 수작이야."

하고 한 놈이 골을 내고 화투를 빼앗아 제 손으로 섞다가 깜짝 놀란다. 그리고 버썩 대드는 응칠이를 벙벙히 치어다보며 얼떨한다.

그들은 응칠이가 오는 것을 완고 적이 싫어하는 눈치였다. 이런 애송이 노름판인데 응칠이를 들었다가는 맥을 못 쓸 것이다. 속으로는 되우 꺼렸다. 마는 그렇다고 응칠이의 비위를 건드림은 더욱 좋지 못하므로

"아, 응칠인가, 어서 들어오게."

하고 선웃음을 치는 놈에

"난 올 듯하게, 자넬 기다렸지."

하며 어수 대는 놈.

"하여튼 한 케 떠 보세."

이놈들은 손을 잡아들이며 썩들 환영이었다.

응칠이는 그 속으로 들어서며 무서운 눈으로 좌중을 한 번 훑어보았다.

그런데 재성이도 그 틈에 끼어 있는 것이 아닌가. 사날 전만 해도 응칠이더러 먹을 양식이 없으니 돈 좀 취하라던 놈이. 의심이 부썩 일었다. 도적이란 흔히 이런 노름판에서 씨가 퍼진다. 고 옆으로 기호도 앉았다. 이놈은 며칠 전 제 계집을 팔았다. 그 돈으로 영동 가서 장사를 하겠다던 놈이 노름을 왔다. 제 깐 주제에 딸 듯싶은가. 하나는 용구. 농사엔 힘 안 쓰고 노름에 몸이 달았다. 시키는 부역도 안 나온다고 동리에서 손도(도덕적으로 잘못하여 지역에서 내쫓김)를 맞은 놈이다. 그리고 남의 집 머슴 녀석. 뽐을 내고 멋없이 점잔을 피우는 중 늙은이 상투쟁이. 이 물건은 어서 날아왔는지 보도 못하던 놈이다. 체 이것들이 뭘 한다고.

응칠이는 기호의 등을 꾹 찍어 가지고 밖으로 나왔다.

외딴 곳으로 데리고 와서

"자네 돈 좀 없겠나?"

하고 돌아서다가

"웬걸 돈이 어디……."

눈치만 남고 어름어름하니

"아내와 갈렸다지, 그 돈 다 뭣 했나?"

"아 이 사람아, 빚 갚았지."

기호는 눈을 내리깔며 매우 거북한 모양이다.

오른편 엄지로 한 코를 막고 흥, 하고 내뽑더니

"이번 빚에 졸리어 죽을 뻔했네."

하고 묻지 않은 발뺌까지 얹어서 설대로 등허리를 긁죽긁죽한다.

그러나 응칠이는 속으로 이놈 하였다.

응칠이는 실눈을 뜨고 기호를 유심히 쏘아 주었더니,

"꼭 4원 남았네."

하고 선뜻 알리고

"빚 갚고 뭣 하고 흐지부지 녹았어."

어색하게도 혼잣말로 우물쭈물 웃어 버린다.

응칠이는 퉁명스레

"나 2원만 최게."

하고 손을 내대다 그래도 잘 듣지 않으매

"따서 둘이 노늘 테야, 누가 떼먹나."

하고 소리가 한번 빽 안 나올 수 없다.

이 말에야 기호도 비로소 안심한 듯, 저고리 섶을 쳐들고 훔척거리다 주뼛주뼛 꺼내 놓는다. 따는 응칠이의 솜씨이면 낙자는 없을 것이다. 설혹 재간이 모자라 잃는다면 우격이라도 도로 몰아갈 게니깐……

"나두 한 케 떠 보세."

응칠이는 우자스레(보기에 어리석게) 굴로 기어든다. 그 콧등에는 자신 있는 그리고 흡족한 미

소가 떠오른다. 사실이지 노름만치 그를 행복하게 하는 건 다시없었다. 슬프다가도 화투나 투전장을 손에 들면 공연스레 어깨가 으쓱거리고 아무리 일이 바빠도 노름판은 옆에 못 두고 지난다. 그는 이놈 저놈의 눈치를 스을쩍 한번 훑고

"두 패루 너느지?"

응칠이는 재성이와 용구를 데리고 한옆으로 비켜 앉았다. 그리고 신바람이 나서 화투를 섞다가 손을 따악 짚으며

"튀전이래지 이깐 화투는 하튼 뭘 할 텐가. 녹빼낀가, 켤 텐가?"

"약단이나 그저 보지."

사방은 매섭게 조용하였다. 바위 위에서 혹 바람에 모래 구르는 소리뿐이다. 어쩌다

"엣다 봐라."

하고 화투짝이 쩔꺽한다. 그러곤 다시 쥐 죽은 듯 잠잠하다.

그들은 이욕에 몸이 달아서 이야기고 뭐고 할 여지가 없다. 행여 속지나 않는가, 하여 눈들이 빨개서 서로 독을 올린다. 어떤 놈이 뜨는 놈이고 어떤 놈이 뜨기는 놈인지 영문 모른다.

응칠이가 한 장을 내던지고 명월 공산을 보기 좋게 떡 젖혀 놓으니

"이거 왜 수짜질이야."

용구가 골을 벌컥 내며 치어다본다.

"뭐가?"

"뭐라니, 아 이 공산 자네 밑에서 빼내지 않았나?"

"봤으면 고만이지 그렇게 노할 건 또 뭔가!"

응칠이는 어설피 입맛을 쩍쩍 다시다

"그럼 이번엔 파토지?"

하고 손의 화투를 땅에 내던지며 껄걸 웃어 버린다.

이때 한옆에서 별안간

"이 자식 죽인다!"

악을 쓰는 것이니 모두들 놀라며 시선을 본다. 머슴이 마주 앉은 상투의 뺨을 갈겼다. 말인즉 매조 다섯 끗을 업어 쳤다고……. 허나 정말은 돈을 잃은 것이 분한 것이다. 이 돈이 무슨 돈이냐 하면 1년 품을 판 피 묻은 사경이다. 이런 돈을 송두리째 먹다니…….

"이 자식, 너는 야마시꾼이지. 돈 내라."

멱살을 훔쳐잡고 다시 두 번을 때린다.

"허, 이놈이 왜 이래누, 어른을 몰라보구."

상투는 책상다리를 잡숫고 허리를 쓰윽 펴더니 점잖이 호령한다. 자식뻘 되는 놈에게 뺨을 맞는 건 말이 좀 덜된다. 악이 올라서 곧 일을 칠 듯이 엉덩이를 번쩍 들었으나 그러나 그대로 주저앉고 말았다. 악에 바짝 받친 놈을 건드렸다가는 결국 이쪽이 손해다. 더럽단 듯이 허허, 웃고

"버릇없는 놈 다 봤고!"

하고 꾸짖은 것은 잘됐으나 기어이 어이쿠, 하고 그 자

리에 푹 엎드러진다. 이마가 터져서 피는 흘렀다. 어느
틈엔가 돌멩이가 날아와 이마의 가죽을 터친 것이다.

응칠이는 싱글거리며 굴을 나섰다. 공연스레 쑥스럽게
일이나 벌어지면 성가신 노릇이다. 그리고 돈 백이나
될 줄 알았더니 다 봐야 한 사십 원 될까 말까. 그걸 바
라고 어느 놈이 앉았는가……

그가 딴 것은 본밑을
알라(아울러) 9원하고
팔십 전이다. 기호에
게 5원을 내주고

"자, 반이 넘네, 자네 계집 잃고 돈 잃고 호강이겠네."
농담으로 비웃어 던지고는 숲으로 설렁설렁 내려온다.

"여보게, 자네에게 청이 있네."

재성이 목이 말라서 바득바득 따라온다. 그 청이란 묻
지 않아도 알 수 있었다. 저에게 돈을 다 빼앗기곤 구문
이겠지. 시치미를 딱 떼고 나 갈 길만 걷는다.

"여보게 응칠이, 아 내 말 좀 들어……."

그제서는 팔을 잡아낚으며 살려 달라 한다. 돈을 좀 늘
일까, 하고 벼 열 말을 팔아 해 보았더니 다 잃었다고.
당장 먹을 게 없어 죽을 지경이니 노름 밑천이나 하게

몇 푼 달라는 것이다. 그러나 벼를 털었으면 거저먹을 게지 어쭙잖게 노름은…….

"그런 걸 왜 너보고 하랬어?"

하고 돌아서며 소리를 빽 지르다가 가만히 보니 눈에 눈물이 글썽하다. 잠자코 돈 2원을 꺼내 주었다.

응칠이는 돌에 앉아서 팔짱을 끼고 덜덜 떨고 있다.

사방은 빵 돌리어 나무에 둘러싸였다. 거무투툭한 그 형상이 헐없이(참말로) 무슨 도깨비 같다. 바람이 불 적마다 쏴 하고 쏴 하고 음충맞게 건들거린다. 어느 때에는 쨉, 쨉 하고 목을 따는지 비명도 울린다.

그는 가끔 뒤를 돌아보았다. 별일은 없을 줄 아나 혹 뭐가 덤벼들지도 모른다. 서낭당은 바로 등 뒤다. 족제빈지 뭔지, 요동 통에 돌이 무너지며 바시락바시락 한다. 그 소리가 묘하게도 등줄기를 쪼옥 긋는다. 어두운 꿈 속이다. 하늘에서 이슬은 내리어 옷깃을 축인다. 공포도 공포려니와 냉기로 하여 좀체 견딜 수가 없었다.

산골은 산신까지도 주렸으렷다. 아들 낳아 달라고 떡 갖다 바칠 이 없을 테니까. 이놈의 영감님 홧김에 덥석 달려들면 앞뒤를 다시 한 번 휘돌아본 다음 설대를 뽑는다. 그리고 오금팽이로 불을 가리고는 한 대 뻑뻑 피워 물었다. 논은 여남은 칸 떨어져 고 아래 누웠다. 일심정기를 다하여 나무 틈으로 뚫어 보고 앉았다. 그러나 땅에 대를 털려니깐 풀숲이 이상스레 흔들린다. 뱀, 뱀이 아닌가. 구시월 뱀이라니 물리면 고만이다. 자리를 옮겨 앉으며 손으로 입을 막고 하품을 터친다.

아마 두어 시간은 더 넘었으리라. 이놈이 필연코 올 텐데 안 오니 이 또 무슨 조활까. 이 짓이란 소문이 나기 전에 한 번 더 와 보는 것이 원칙이다. 잠을 못 자서 눈이 뻑뻑한 것이 제물에 슬금슬금 감긴다. 이를 악물고 눈을 뒵쓰면 이번에는 허리가 노글거린다. 속은 쓰리고 골치는 때리고. 불꽃 같은 노기가 불끈 일어서 몸을 옥죄인다. 이놈의 다리를 못 꺾어 놔도 애비 없는 호래자식이겠다.

닭들이 세 홰를 운다. 멀리 산을 넘어오는 그 음향이 퍽은 서글프다. 큰 비를 몰아드는지 검은 구름이 잔뜩 낀다. 하긴 지금도 빗방울이 뚝 뚝 떨어진다.

그때 논둑에서 희끄무레한 헤까비(허깨비) 같은 것이 얼씬거린다. 정신을 반짝 차렸다. 영락없이 성팔이, 재성이, 그 둘 중의 한 놈이리라. 이 고생을 시키는 그놈! 이가 북북 갈리고 어깨가 다 식식거린다. 몽둥이를 잔뜩 후려쥐었다. 그리고 벌떡 일어나서 나무줄기를 끼고 조심조심 돌아내린다. 허나 도랑쯤 내려오다가 그는 멈씰하여 몸을 뒤로 물렸다. 늑대 두 놈이 짝을 짓고 이편 산에서 저편 산으로 설렁설렁 건너가는 길이었다. 빌어먹을 늑대, 이것까지 말썽이람. 이마의 식은땀을 씻으며 도로 제자리로 돌아온다. 어쩌면 이번 이놈도 재작년 강도 짝이나 안 될는지. 급시로 불길한 예감이 뒤통수를 탁 치고 지나간다.

그는 옷깃을 여미며 한 대를 더 붙였
다. 돌연히 풍세는 심하여
진다. 산골짜기로 몰아
드는 억센 놈이 가끔 발광
이다. 다시금 더르르 몸을 떨었다. 가을은 왜 이 지경인지. 여기에서 밤새울 생각을 하니 기가 찼다.

얼마나 되었는지 몸을 좀 녹이고자 일어나 서성서성할 때이었다. 논으로 다가오는 희미한 그림자를 분명히 두 눈으로 보았다. 그러고 보니 피로고, 한고이고 다 딴소리다. 고개를 내대고 딱 버티고 서서 눈에 쌍심지를 올린다.

흰 그림자는 어느 틈엔가 어둠 속에 사라져 보이지 않

는다. 그리고 다시 나올 줄을 모른다. 바람 소리만 왱왱 칠 뿐이다. 다시 암흑 속이 된다. 확실히 벼를 훔치러 논 속으로 들어갔을 것이다. 여깽이(여우) 같은 놈이 궂은 날씨를 기화(뜻밖의 물건을 얻을 수 있는 물건이나 기회) 삼아 맘껏 하겠지. 의리 없는 썩은 자식, 격장에서 같이 굶는 터에…… 오냐 대거리만 있어라. 이를 한 번 부욱 갈아붙이고 차츰차츰 논께로 내려온다.

응칠이는 논께로 바특이 내려서서 소나무에 몸을 착 붙였다. 섣불리 서둘다간 낮의 횡액을 입을지도 모른다. 다 훔쳐 가지고 나올 때만 기다린다. 몽둥이는 잔뜩 힘을 올린다.

한 식경쯤 지났을까, 도적은 다시 나타난다. 논둑에 머리만 내놓고 사면을 두리번거리더니 그제야 기어 나온다. 얼굴에는 눈만 내놓고 수건인지 뭔지 헝겊이 가리었다. 봇짐을 등에 짊어 메고는 허리를 구붓이 뺑손(뺑소니)을 놓는다. 그러나 응칠이가 날쌔게 달려들며

"이 자식, 남의 벼를 훔쳐 가니!"

하고 대포처럼 고함을 지르니 논둑으로 고대로 데굴데굴 굴러서 떨어진다. 얼결에 호되게 놀란 모양이었다.

응칠이는 덤벼들어 우선 허리께를 내려조겼다. 어이쿠

쿠, 쿠 하고 처참한 비명이다. 이 소리에 귀가 뻔쩍 뜨여 그 고개를 들고 팔부터 벗겨 보았다. 그러나 너무나 어이가 없었음인지 시선을 치걷으며 그 자리에 우두망찰한다(정신이 얼떨떨하여 어찌할 바를 모르다).

그것은 무서운 침묵이었다. 살풍맞은(말이나 하는 짓이 독살스럽고 당돌하다) 바람만 공중에서 북새를 논다.

한참을 신음하다 도적은 일어나더니

"성님까지 이렇게 못살게 굴기유?"

제법 눈을 부라리며 몸을 홱 돌린다. 그리고 느끼며 울음이 복받친다. 봇짐도 내버린 채

"내 것 내가 먹는데 누가 뭐래?"

하고 대퉁스레 내뱉고는 비틀비틀 논 저쪽으로 없어진다.

형은 너무 꿈속 같아서 멍하니 섰을 뿐이다.

그러나 얼마 지나서 한 손으로 그 봇짐을 들어 본다. 가뿐하니 끽 말가웃(한 말 반 정도)이나 될는지. 이까짓 걸 요렇게까지 해 가려는 그 심정은 실로 알 수 없다. 벼를 논에다 도로 털어 버렸다. 그리고 아내의 치마이겠지. 검은 보자기를 척척 개서 들었다. 내 걸 내가 먹는다……. 그야 이를 말이랴. 허나 내 걸 내가 훔쳐야 할

그 운명도 얄궂거니와 형을 배반하고 이 짓을 벌인 아우도 아우이렷다. 에 — 이 고현 놈, 할 제 볼을 적시는 것은 눈물이다. 그는 주먹으로 눈을 쓱 비비고 머리에 번쩍 떠오르는 것이 있으니 두레두레한 황소의 눈깔. 시오 리를 남쪽 산속으로 들어가면 어느 집 바깥 뜰에 밤마다 늘 매어 있는 투실투실한 그 황소. 아무렇게 따지던 칠십 원은 갈 데 없으리라. 그는 부리나케 아우의 뒤를 밟았다.

공동묘지까지 거반 왔을 때에야 가까스로 만났다. 아우의 등을 탁 치며

"애, 좋은 수 있다. 네 원대로 돈을 해 줄게 나구 잠깐 다녀오자."

씩씩한 어조로 기쁘도록 달랬다. 그러나 아우는 입 하나 열려 하지 않고 그대로 실쭉하였다. 뿐만 아니라 어깨 위에 올려놓은 형의 손을 부질없단 듯이 몸으로 털어 버린다. 그리고 삐익 달아난다. 이걸 보니 하 엄청이 나고 기가 콱 막히었다.

"이눔아!"

하고 악에 받치어

"명색이 성이라며?"

대뜸 몽둥이는 들어가 그 볼기짝을 후려갈겼다. 아우는 모로 몸을 꺾더니

시나브로 찌그러진다. 뒤미처 앞정강이를 때렸다. 등을 팼다. 일어나지 못할 만치 매는 내리었다. 체면을 불구하고 땅에 엎드리어 엉엉 울도록 매는 내리었다.

홧김에 하긴 했으되 그 꼴을 보니 또한 마음이 편할 수 없다. 침을 퇘 뱉어 던지곤 팔자 드센 놈이 그저 그렇지 별수 있냐. 쓰러진 아우를 일으키어 등에 업고 일어섰다. 언제나 철이 날는지 딱한 일이었다. 속 썩는 한숨을 후 — 하고 내뿜는다. 그리고 어청어청 고개를 묵묵히 내려온다.

4

금 따는
콩밭

금 따는 콩밭

땅속 저 밑은 늘 음침하다.

고달픈 간드렛불(광산의 구덩이 안에서 불을 켜 들고 다니는 등) 맥없이 푸르끼하다. 밤과 달라서 낮엔 매우 흐릿하였다.

거치른 황토 장벽으로 앞뒤 좌우가 콕 막힌 좁직한 구덩이. 흡사히 무덤 속같이 귀중중하다. 싸늘한 침묵, 쿠더부레한 흙내와 징그러운 냉기만이 그 속에 자욱하다.

곡괭이는 뻔질 흙을 이르집는다(여러 겹으로 된 것을 켜켜이 뜯어낸다). 암팡스러이 내려 쪼며, "퍽퍽퍽 ―."

이렇게 메떨어진 소리뿐. 그러나 간간 우수수 하고 벽

이 헐린다.

영식이는 일손을 놓고 소맷자락을 끌어당기어 얼굴의 땀을 훑는다. 이놈의 줄이 언제나 잡힐는지 기가 찼다. 흙 한 줌을 집어 코 밑에 바싹 들이대고 손가락으로 샅샅이 뒤져 본다. 완연히 버력(광석이나 석탄을 캘 때 광물 성분이 섞이지 않은 잡돌)은 좀 변한 듯싶다. 그러나 불퉁버력이 아주 다 풀린 것도 아니었다. 말똥버력이라야 금이 온다는데 왜 이리 안 나오는지.

곡괭이를 다시 집어 든다. 땅에 무릎을 꿇고 궁둥이를 번쩍 든 채 식식거린다. 곡괭이를 무작정 내려찍는다. 바닥에서 물이 스미어 무르팍이 흥건히 젖었다. 굿(구덩이) 엎은 천판(천반, 광 구덩이의 천장)에서 흙 방울은 내리며 목덜미로 굴러든다. 어떤 때에는 윗벽의 한쪽이 떨어지며 등을 탕 때리고 부서진다. 그러나 그는 눈도 하나 깜짝하지 않는다. 금을 캔다고 콩밭 하나를 다 잡쳤다. 약이 올라서 죽을 둥 살 둥 눈이 뒤집힌 이 판이다. 손바닥에 침을 탁 뱉고 곡괭이 자루를 한번 꼬나 잡더니 쉴 줄 모른다.

등 뒤에서는 흙 긁는 소리가 드윽드윽 난다. 아직도 버력을 다 못 친 모양. 이 자식이 일을 하나, 시조를 하나.

남은 속이 바직바직 타는데 웬 뱃심이 이리도 좋아.

영식이는 살기 띤 시선으로 고개를 돌렸다. 암 말 없이 수재를 노려본다. 그제야 꾸물꾸물 바지게(발채를 얹은 지게)에 흙을 담고 등에 메고 사다리를 올라간다.

굿이 풀리는지 벽이 움찔하였다. 흙이 부서져 내린다. 전날이라면 이곳에서 아내 한 번 못 보고 생죽음이나 안 할까 털끝까지 쭈뼛할 게다. 그러나 인젠 그렇게 되고도 싶다. 수재란 놈하고 흙더미에 묻히어 한껍에 죽는다면 그게 오히려 나을 게다. 이렇게까지 몹시 몹시 미웠다.

이놈 풍치는 바람에 애꿎은 콩밭 하나만 결딴을 냈다. 그뿐만 아니라 모두가 낭패다. 세 벌 논도 못 맸다. 논둑의 풀은 성큼 자란 채 어지러이 널려 있다. 이 기미를 알고 지주는 대로하였다. 내년부터는 농사지을 생각도 말라고 발을 굴렀다. 땅은 암만을 파도 지수가 없다. 이만해도 다섯 길은 훨씬 넘었으리라. 좀 더 지펴야 옳을지 혹은 북으로 밀어야 옳을지, 우두커니 망설거린다. 금점(금광)에는 풋둥이다. 입때껏 수재의 지휘를 받아 일을 하여 왔고, 앞으로도 역시 그리해야 금을 딸 것이다. 그러나 그런 칙칙한 짓은 안 한다.

"이리 와 이것 좀 파게."

그는 으슥 위풍을 보이며 이렇게 분부하였다. 그리고 저는 일어나 손을 털며 뒤로 물러선다.

수재는 군말 없이 고분하였다. 시키는 대로 땅에 무릎을 꿇고 벽채(광산에서 사용하는 연장의 하나)로 군버력을 긁어낸 다음 다시 파기 시작한다.

영식이는 치다 나머지 버력을 짊어진다. 커다란 걸대를 뒤룩거리며 사다리로 기어오른다. 굿문을 나와 버력 더미에 흙을 마악 내치려 할 제,

"왜 또 파. 이것들이 미쳤나 그래!"

산에서 내려오는 마름과 맞닥뜨렸다. 정신이 떠름하여 그대로 벙벙히 섰다. 오늘은 또 무슨 포악을 들으려는가.

"말라니까 왜 또 파는 게야!"

하고 영식이의 바지게 뒤를 지팡이로 꽉 찌르더니,

"갈아먹으라는 밭이지, 흙 쓰고 들어가라는 거야, 이 미친 것들아. 콩밭에서 웬 금이 나온다구 이 지랄들이야, 그래."

하고 목에 핏대를 올린다. 밭을 버리면 간수 잘못한 자

기 탓이다. 날마다 와서 그 북새를 피우고 금하여도 다음 날 보면 또 여전히 파는 것이다.

"오늘로 이 구덩이를 도로 묻어 놔야지, 낼로 당장 징역 갈 줄 알게."

너무 감정에 격하여 말도 잘 안 나오고 떠듬떠듬거린다. 주먹은 곧 날아들듯이 허구리께서 불불 떤다.

"오늘만 좀 해 보고 그만두겠어유."

영식이는 낯이 붉어지며 가까스로 한마디 하였다. 그리고 무턱대고 빌었다.

마름은 들은 척도 안 하고 가 버린다.

그 뒷모양을 영식이는 멀거니 배웅하였다. 그러나 콩밭 낯짝을 들여다보니 무던히 애통 터진다. 멀쩡한 밭에 구멍이 사면 풍풍 뚫렸다.

예제없이 버력은 무더기무더기 쌓였다. 마치 사태 만난 공동묘지와도 같이 귀살쩍고 되우 을씨년스럽다. 그다지 잘되었던 콩 포기는 거반 버력 더미에 다아 깔려 버리고 군데군데 어쩌다 남은 놈들만이 고개를 나풀거린다. 그 꼴을 보는 것은 자식 죽는 걸 보는 게 낫지 차마 못 할 경상이었다.

농토는 모조리 떨어질 것이다. 그러나 대관절 올 밭도

지(밭의 소작료로 받는 현물) 벼 두 섬 반은 뭐로 해내야 좋을지. 게다 밭을 망쳤으니 자칫하면 징역을 갈는지도 모른다.

영식이가 구뎅이 안으로 들어왔을 때 동무는 땅에 주저앉아 쉬고 있었다. 태연 무심히 담배만 뻑뻑 피우는 것이다.

"언제나 줄을 잡는 거야."

"인제 차차 나오겠지."

"인제 나온다?"

하고 코웃음을 치고 엇먹더니(사리에 맞지 않는 언행으로 비꼬더니)조금 지나매,

"이 새끼."

흙덩이를 집어 들고 골통을 내려친다.

수재는 어쿠 하고 그대로 폭 엎드린다. 그러다 벌떡 일어선다. 눈에 띄는 대로 곡괭이를 잡자 대뜸 달려들었다. 그러나 강약이 부동, 왁살스러운 팔뚝에 퉁겨져 벽에 가서 쿵 하고 떨어졌다. 그 순간에 제가 빼앗긴 곡괭이가 정바기(정수리)를 겨누고 날아드는 걸 보았다. 고

개를 홱 돌린다. 곡괭이는 흙벽을 퍽 찍고 다시 나간다.

수재 이름만 들어도 영식이는 이가 갈렸다. 분명히 홀딱 속은 것이다.

영식이는 본디 금점에 이력이 없었다. 그리고 흥미도 없었다. 다만 밭고랑에 웅크리고 앉아서 땀을 흘려 가며 꾸벅꾸벅 일만 하였다. 올엔 콩도 뜻밖에 잘 열리고 맘이 좀 놓였다.

하루는 홀로 김을 매고 있노라니까,

"여보게 덥지 않은가? 좀 쉬었다 하게."

고개를 들어 보니 수재다. 농사는 안 짓고 금점으로만 돌아다니더니 무슨 바람에 또 왔는지 싱글벙글한다. 좋은 수나 걸렸나 하고,

"돈 좀 많이 벌었나? 나 좀 꿔 주게."

"별구말구. 맘껏 먹고 맘껏 쓰고 했네."

술에 거나한 얼굴로 신껏 주적거린다. 그리고 밭머리에 쭈그리고 앉아 한참 객설을 부리더니,

"자네, 돈벌이 좀 안 하려나? 이 밭에 금이 묻혔네, 금이."

"뭐?"

하니까, 바로 이 산 너머 큰골에 광산이 있다, 광부를 삼백여 명이나 부리는 노다지판인데 매일 소출되는 금이 칠십 냥을 넘는다, 돈으로 치면 칠천 원, 그 줄맥이 큰 산허리를 뚫고 이 콩밭으로 뻗어 나왔다는 것이다. 둘이서 파면 불과 열흘 안에 줄을 잡을 게고, 적어도 하루 서 돈씩은 따리라. 우선 삼십 원만 해도 얼마냐. 소를 산대도 반 필이 아니냐고.

그러나 영식이는 귀담아듣지 않았다. 금점이란 칼 물고 뜀뛰기다. 잘되면 이거니와 못 되면 신세만 조진다. 이렇게 전일부터 들은 소리가 있어서였다.

그담 날도 와서 꾀송거리다(그럴듯한 말로 설득하다) 갔다. 셋째 번에는 집으로 찾아왔는데 막걸리 한 병을 손에 들고 영을 피운다. 몸이 달아서 또 온 것이었다. 봉당에 걸터앉아서 저녁상을 물끄러미 바라보더니 조당수(좁쌀로 묽게 쑨 미음 같은 음식)는 몸을 훑는다는 둥 일꾼은 든든히 먹어야 한다는 둥 남들은 논을 사느니 밭을 사느니 떠드는데 요렇게 지내다 그만둘 테냐는 둥 일찍게(거추장스럽거나 일거리가 되어 귀찮고 불편하다) 지절거린다.

"아주머니, 이것 좀 먹게 해 주시게유."

그리고 비로소 영식이 아내에게 술병을
내놓는다. 그들은 밥상을 끼고 앉아서
즐겁게 술을 마셨다. 몇 잔이 들어가
고 보니 영식이의 생각도 적이 돌아
섰다. 딴은 1년 고생하고 끽 콩 몇 섬
얻어먹느니보다는 금을 캐는 것이 슬기

로운 짓이다. 하루에 잘만 캔다면 한 해 줄곧 공들인 그
수확보다 훨씬 이익이다. 올봄 보낼 제 비료 값, 품삯,
빚에 빚진 7월 까닭에 나날이 졸리는 이 판이다. 이렇
게 지지하게 살고 말 바에는 차라리 가로지나 세로지나
사내자식이 한번 해 볼 것이다.

"낼부터 우리 파 보세. 돈만 있으면이야, 그까짓 콩
은……."

수재가 안달스레 재우쳐 보채일 제 선뜻 응낙하였다.

"그래 보세, 빌어먹을 거 안 됨 고만이지."

그러나 꽁무니에서 죽을 마시고 있던 아내가 허구리를
쿡쿡 찔렀게 망정이지 그렇지 않았더면 좀 주저할 뻔도
하였다.

아내는 아내대로의 셈이 빨랐다.

시체(그 시대의 풍습이나 유행)는 금점이 판을 잡았다. 선

부르게 농사만 짓고 있다간 결국 비렁뱅이밖에는 더 못 된다. 얼마 안 있으면 산이고 논이고 밭이고 할 것 없이 다 금쟁이 손에 구멍이 뚫리고 뒤집히고 뒤죽박죽이 될 것이다. 그때는 뭘 파먹고 사나. 자, 보아라. 머슴들은 짜기나 한 듯이 일하다 말고 후딱 하면 금점으로들 내빼지 않는가. 일꾼이 없어서 올엔 농사를 지을 수 없느니 마느니 하고 동리에서는 떠들썩하다. 그리고 번동 포농이조차 호미를 내던지고 강변으로, 개울로 사금을 캐러 달아난다. 그러다 며칠 뒤엔 다비신('양말'의 사투리)에다 옥당목(옥양목보다 품질이 낮은 무명의 피륙)을 떨치고 희짜를 뽑는 것이 아닌가.

아내는 콩밭에서 금이 날 줄은 아주 꿈밖이었다. 놀라고도 또 기뻤다. 올해는 노상 침만 삼키던 그놈 코다리(명태)를 짜장(과연, 정말로)먹어 보겠구나만 하여도 속이 미어질 듯이 짜릿하였다. 뒷집 양근댁은 금점 덕택에 남편이 사다 준 고무신을 신고 나릿나릿 걷는 것이 무척 부러웠다. 저도 얼른 금이나 펑펑 쏟아지면 흰 고무신도 신고 얼굴에 분도 바르고 하리라.

"그렇게 해보지 뭐. 저 양반 하잔 대로만 하면 어련히 잘될라구."

얼떨하여 앉았는 남편을 이렇게 추겼던 것이다.

동이 트기 무섭게 콩밭으로 모였다.

수재는 진언(주문)이나 하는 듯이 이리 대고 중얼거리고 저리 대고 중얼거리고 하였다. 그리고 덤벙거리며 이리 왔다가 저리 왔다가 하였다. 제 딴은 땅속에 누운 줄맥을 어림하여 보는 맥이었다.

한참을 밭을 헤매다가 산 쪽으로 붙은 한구석에 딱 서며 손가락을 펴 들고 설명한다. 큰 줄이란 본시 산운, 산을 끼고 도는 법이다. 이 줄이 노다지임에는 필시 이 켠으로 버듬히 누웠으리라. 그러니 여기서부터 파 들어가자는 것이다.

영식이는 그 말이 무슨 소린지 새기지는 못했다마는, 금점에는 난다는 수재이니 그 말대로 하기만 하면 영락없이 금퇴야 나겠지 하고 그것만 꼭 믿었다. 군말 없이 지시해 받은 곳에다 삽을 푹 꽂고 파헤치기 시작하였다.

금도 금이면 애써 키운 콩도 콩이었다. 거진 다자란 허울 멀쑥한 놈들이 삽 끝에 으스러지고 흙에 묻히고 하는 것이다. 그걸 보는 것은 썩 속이 아팠다. 애틋한 생각이 물밀 때 가끔 삽을 놓고 허리를 구부려서 콩잎의 흙을 털어 주기도 하였다.

"아, 이 사람아, 맥쩍게 그건 봐 뭘 해. 금을 캐자니깐."

"아니야, 허리가 좀 아파서."

핀잔을 얻어먹고는 좀 열적었다(약간 부끄럽고 계면쩍다). 하기는 금만 잘 터져 나오면 이까짓 콩밭쯤이야. 이 밭을 풀어 논도 만들 수 있을 것이다. 눈을 감아 버리고 삽의 흙을 아무렇게나 콩잎 위로 홱홱 내어 던진다.

"구구루(제 주제에 맞게) 땅이나 파먹지 이게 무슨 지랄들이야!"

동리 노인은 뻔찔 찾아와서 귀 거친 소리를 하고 하였다. 밭에 구멍을 셋이나 뚫었다. 그리고 대고 뚫는 길이었다. 금인가 난장을 맞을 건가 그것 때문에 농군은 버렸다. 이게 필연코 세상이 망하려는 징조이리라. 그 소중한 밭에다 구멍을 뚫고 이 지랄이니 그놈이 온전할 겐가.

노인은 제 물화에 지팡이를 들어 삿대질을 아니 할 수 없었다.

"벼락 맞느니, 벼락 맞어!"

"염려 말아유. 누가 알래지유."

영식이는 그럴 적마다 데퉁스레 쏘았다. 골김에 흙을 되는 대로 내꼰지고는 침을 탁 뱉고 구덩이로 들어간다. 그러나 마음 한구석에는 언제나 끈 — 하였다. 줄을 찾는다고 콩밭을 통히 뒤집어 놓았다. 그리고 줄이 언제나 나올지 아직 까맣다. 논도 못 매고 물도 못 보고 벼가 어이 되었는지 그것조차 모른다. 밤에는 잠이 안 와 멀뚱하니 애를 태웠다.

수재는 낙담하는 기색도 없이 늘 하냥이었다. 땅에 웅숭그리고 시적시적 노량으로 땅만 판다.

"줄이 꼭 나오겠나?"

하고 목이 말라서 물으면,

"이번에 안 나오거든 내 목을 비게."

서슴지 않고 장담을 하고는 꿋꿋하였다.

이걸 보면 영식이도 마음이 좀 뇌는 듯싶었다. 전들 금이 없다면 무슨 멋으로 이 고생을 하랴. 반드시 금은 나올 것이다. 그제는 이왕 손해는 하릴없거니와 그만두리라는 절망이 스스로 사라지고 다시금 주먹이 쥐어지는 것이었다.

캄캄하게 밤은 어두웠다. 어디선가 뭇 개가 요란히 짖어 댄다.

남편은 진흙투성이를 하고 내려왔다. 풀이 죽어서 몸을 잘 가누지도 못하고 아랫목에 축 늘어진다.

이 꼴을 보니 아내는 맥이 다시 풀린다. 오늘도 또 글렀구나. 금이 터지면 집을 한 채 사 간다고 자랑을 하고 왔더니 이내 헛일이었다. 인제 좌기가 나서 낯을 들고 나갈 염의(염치와 의리)조차 없어졌다.

남편에게 저녁을 갖다 주고 딱하게 바라본다.

"인제 꿔 온 양식도 다 먹었는데……."

"새벽에 산제를 좀 지낼 텐데 한 번만 더 꿔 와."

남의 말에는 대답 없고 유하게 흘게 늦은(죈 정도가 느슨한) 소리뿐. 그리고 드러누운 채 눈을 지그시 감아 버린다.

"죽거리두 없는데 산제는 무슨……."

"듣기 싫어, 요망 맞은 년 같으니."

이 호통에 아내는 그만 멈칫하였다. 요즘 와서는 무턱

대고 공연스레 골만 내는 남편이 영 딱하였다. 환장을 하는지 밤잠도 아니 자고 소리만 빽빽 지르며 덤벼들려고 든다. 심지어 어린것이 좀 울어도 이 자식 갖다 내꼰지라고 북새를 피우는 것이다.

저녁을 아니 먹으므로 그냥 치워 버렸다. 남편의 영을 거역키 어려워 양근댁한테로 또다시 안 갈 수 없다. 그간 양식은 줄곧 꾸어다 먹고 갚지도 못하였는데 또 무슨 면목으로 입을 벌릴지 난처한 노릇이었다.

그는 생각다 끝에 있는 염치를 보째 쏟아 던지고 다시 한 번 찾아가는 것이다마는, 딱 맞닥뜨리어 입을 열고,

"낼 산제를 지낸다는데 쌀이 있어야지우."

하자니 영 낯이 화끈하고 모닥불이 날아든다.

그러나 그들은 어지간히 착한 사람이었다.

"암, 그렇지요. 산신이 벗나면 죽도 그릅니다."

하고 말을 받으며 그 남편은 빙그레 웃는다. 워낙이 금점에 장구(오랫동안) 닳아난 몸인 만치 이런 일에는 적잖이 속이 틔었다. 손수 쌀 닷 되를 떠다 주며,

"산제란 안 지냄 몰라두 이왕 지내려면 아주 정성껏 해야 됩니다. 산신이란 노하길 잘하니까유."

하고 그 비방까지 깨쳐 보낸다.

쌀을 받아 들고 나오며 영식이 처는 고마움보다 먼저 미안에 질리어 얼굴이 다시 빨갰다. 그리고 그들 부부 살아가는 살림이 참으로 몹시 부러웠다. 양근댁 남편은 날마다 금점으로 감돌며 버력 더미를 뒤지고 토록을 주워 온다. 그걸 온종일 장판돌에다 갈면 수가 좋으면 2, 3원, 옥아도(밑져도) 칠팔십 전꼴은 매일 셈이 되는 것이었다. 그러면 쌀을 산다, 피륙을 끊는다, 떡을 한다, 장리를 놓는다……. 그런데 우리는 왜 늘 요 꼴인지 생각만 하여도 가슴이 메는 듯 맥맥한 한숨이 연발을 하는 것이었다.

아내는 집에 돌아와 떡쌀을 담갔다. 낼은 뭘로 죽을 쑤어 먹는지. 윗목에 웅크리고 앉아서 맞은쪽에 자빠져 있는 남편을 곁눈으로 살짝 할퀴어 본다. 남들은 돌아다니며 잘도 금을 주워 오련만 저 망나니 제 밥 하나를 다 버려도 금 한 톨 못 주워 오나. 에, 에, 변변치도 못한 사나이. 저도 모르게 얄은 한숨이 거푸 두 번을 터진다.

밤이 이슥하여 그들 양주는 떡을 하러 나왔다. 남편은 절구에 쿵쿵 빻았다. 그러나 체가 없다. 동네로 돌아다니며 빌려 오느라고 아내는 다리에 불풍이 났다.

"왜 이리 앉았수? 불 좀 지피지."

떡을 찔다가 얼이 빠져서 멍하니 앉았는 남편이 밉살스럽다. 남은 이래저래 애를 죄는데 저건 무슨 생각을 하고 저리 있는 건지. 낫으로 삭정이(산 나무에 붙은 채로 말라 죽은 가지)를 탁탁 조겨서 던져 주며 아내는 은근히 훅닥이었다.

닭이 두 홰를 치고 나서야 떡은 되었다.

아내는 시루를 이고 남편은 겨드랑에 자리때기를 꼈다. 그리고 캄캄한 산길을 올라간다.

비탈길을 얼마 올라가서야 콩밭은 놓였다. 전면이 우뚝한 검은 산에 둘리어 막힌 곳이었다. 가생이로 느티, 대추나무들은 머리를 풀었다.

밭머리 조금 못미처 남편은 걸음을 멈추자 뒤의 아내를 돌아본다.

"인 내, 그리고 여기 가만히 섰어."

시루를 받아 한 팔로 껴안고 그는 혼자서 콩밭으로 올라섰다. 앞에 쌓인 것이 모두가 흙더미, 그 흙더미를 마악 돌아서려 할 제 아마 돌을 찼나 보다. 몸이 쓰러지려고 우지끈하니 아내가 기겁을 하여 뛰어오르며 그를 부축하였다.

"부정 타라구 왜 올라와, 요망 맞은 년."

남편은 몸을 고르잡자 소리를 빽 지르며 아내 얼뺨을 붙인다. 가뜩이나 죽으라 죽으라 하는데 불길하게도 계집년이. 그는 마뜩지 않게 두덜거리며 밭으로 들어간다. 밭 한가운데다 자리를 펴고 그 위에 시루를 놓았다. 그리고 시루 앞에다 공손하고 정성스레 재배를 커다랗게 한다.

"우리를 살려 주십사. 산신께서 거들어 주지 않으면 저희는 죽을 수밖에 꼼작없습니다유."

그는 손을 모으고 이렇게 축원하였다.

아내는 이꼴을 바라보며 독이 뾰록같이 올랐다. 금점을 합네 하고 금 한 톨 못 캐는 것이 버릇만 점점 글러 간다. 그전에는 없더니 요새로 건듯하면 탕탕 때리는 못된 버릇이 생긴 것이다. 금을 캐랬지 뺨을 치랬나. 제발 덕분에 그놈의 금 좀 나오지 말았으면. 그는 뺨 맞은 앙심으로 맘껏 방자(남에게 재앙이 내리도록 비는 짓)하였다. 하긴 아내의 말 그대로 되었다. 열흘이 썩 넘어도 산신은 깜깜 무소식이었다. 남편은 밤낮으로 눈을 까뒤집고 구덩이에 묻혀 있었다. 어쩌다 집엘 내려오는 때이면 얼굴이 헐떡하고 어깨가 축 늘어지고 거반 병객이었다. 그러고서 잠자코 커다란 몸집을 방고래에다 쿵 하고 내던지고 하는 것이다.

"제미 붙을, 죽어나 버렸으면."

혹은 이렇게 탄식하기도 하였다.

아내는 바가지에 점심을 이고서 집을 나섰다. 젖먹이는 등을 두드리며 좋다고 끽끽거린다.

이젠 흰 고무신이고 코다리고 생각조차 물렸다. 그리고 금 하는 소리만 들어도 입에 신물이 날 만큼 되었다. 그건 고사하고 꿔다 먹은 양식에 졸리지나 말았으면 그만도 좋으리마는.

가을은 논으로 밭으로 누렇게 내리었다. 농군들은 기꺼이 낯을 하고 서로 만나면 흥거운 농담. 그러나 남편은 애먼 밭만 망치고 논조차 건살 못하였으니 이 가을에는 뭘 거둬들이고, 뭘 즐겨 할는지. 그는 동리 사람의 이목이 부끄러워 산길로 돌았다.

솔숲을 나서서 멀리 밭에를 바라보니 둘이 다 나와 있다. 오늘도 또 싸운 모양. 하나는 이쪽 흙더미에 앉았고 하나는 저쪽에 앉았고 서로들 외면하여 담배만 뻑뻑 피운다.

"점심들 잡숫게유."

남편 앞에 바가지를 내려놓으며 가만히 맥을 보았다. 남편은 적삼이 찢어지고 얼굴에 생채기를 내었다. 그리고 두 팔을 걷고 먼 산을 향하여 묵묵히 앉았다.

수재는 흙에 박혔다 나왔는지 얼굴은커녕 귓속들이 흙투성이다. 코 밑에는 피딱지가 말라붙었고 아직도 조금씩 피가 흘러내린다. 영식이 처를 보더니 열적은 모양. 고개를 돌리어 모로 떨어치며 입맛만 쩍쩍 다신다. 금을 캐라니까 밤낮 피만 내다 말라는가. 빚에 졸리어 남은 속을 볶는데 무슨 호강에 이 지랄들인구. 아내는 못마땅하여 눈가에 살을 모았다.

"산제 지낸다구 꿔 온 것은 언제나 갚는다지유?"

뚱하고 있는 남편을 향하여 말끝을 꼬부린다. 그러나 남편은 눈썹 하나 까딱하지 않는다. 이번에는 어조를 좀 돋우며,

"갚지도 못할 걸 왜 꿔 오라 했지유!"

하고 얼추 호령이었다.

이 말은 남편의 채 가라앉지도 못한 분통을 다시 건드

린다. 그는 벌떡 일어서며 황밤주먹을 쥐어 낭창할 만
치 아내의 골통을 후렸다.

"계집년이 방정맞게."

다른 것은 모르나 주먹에는 아찔이었다. 멋없이 덤비다
간 골통이 부서진다. 암상을 참고 바르르하다가 이윽고
아내는 등에 업은 어린애를 끌러 들었다. 남편에게로
그대로 밀어 던지니 아이는 까르륵하고 숨 모는 소리를
친다. 그리고 아내는 돌아서서 혼잣말로,

"콩밭에서 금을 딴다는 숙맥도 있담."

하고 빗대 놓고 비아냥거린다.

"이년아, 뭐!"

남편은 대뜸 달려들며 그 볼치에다 다시 올찬 황밤을
주었다. 적이나 하면 계집이니 위로도 하여 주련만 요
건 분만 폭폭 질러 노려나. 예이, 빌어먹을 거, 이판사
판이다.

"너하구 안 산다. 오늘루 가거라."

아내를 와락 떠다밀어 밭둑에 젖혀 놓고 그 허구리를
퍽 질렀다. 아내는 입을 헉 하고 벌린다.

"네가 허라구 옆구리를 쿡쿡 찌를 제는 언제냐, 요 집
안 망할 년."

그리고 다시 퍽 질렀다. 연하여 또 퍽.

이 꼴들을 보니 수재는 조바심이 일었다. 저러다가 그 분풀이가 다시 제게로 슬그머니 옮아올 것을 지레 채었다. 인제 걸리면 죽는다. 그는 비슬비슬하다 어느 틈엔가 구덩이 속으로 시나브로 없어져 버린다.

볕은 다사로운 가을 향취를 풍긴다. 주인을 잃고 콩은 무거운 열매를 둥글둥글 흙에 굴린다. 맞은쪽 산 밑에서 벼들을 베며 기뻐하는 농군의 노래.

"터졌네, 터져."

수재는 눈이 휘둥그렇게 굿문을 뛰어나오며 소리를 친다. 손에는 흙 한 줌이 잔뜩 쥐였다.

"뭐?"

하다가,

"금줄 잡았어, 금줄."

"응 — "

하고 외마디를 뒤남기자 영식이는 수재 앞으로 살같이 달려들었다. 허겁지겁 그 흙을 받아 들고 샅샅이 헤쳐 보니 딴은 재래에 보지 못하던 불그죽죽한 황토이었다.

그는 눈에 눈물이 핑 돌며,

"이게 원줄인가?"

"그럼 이것이 곱색줄이라네. 한 포에 댓 돈씩은 넉넉잡히대."

영식이는 기쁨보다 먼저 기가 탁 막혔다. 웃어야 옳을지 울어야 옳을지. 다만 입을 반쯤 벌린 채 수재의 얼굴만 멍하니 바라본다.

"이리 와 봐. 이게 금이래."

이윽고 남편은 아내를 부른다. 그리고 내 뭐랬어. 그러게 해 보라고 그랬지 하고 설면설면 덤벼 오는 아내가 한결 어여뺐다. 그는 엄지가락으로 아내의 눈물을 지워 주고 그러고 나서 껑충거리며 구덩이로 들어간다.

"그 흙 속에 금이 있지요."

영식이 처가 너무 기뻐서 코다리에 고래등 같은 집까지 연상할 제, 수재는 시원스러이,

"네, 한 포대에 오십 원씩 나와유."

하고 대답하고 오늘 밤에는 꼭, 정녕코 꼭 달아나리라 생각하였다.

거짓말이란 오래 못 간다. 뽕이 나서 뼈다귀도 못 추리기 전에 훨훨 벗어나는 게 상책이겠다.

5 산골

산골

산

머리 위에서 굽어보던 햇님이 서쪽으로 기울어 나무에 긴 꼬리가 달렸건만 나물 뜯을 생각은 않고, 이뿐이는 늙은 잣나무 허리에 등을 비껴 대고 먼 하늘만 이렇게 하염없이 바라보고 섰다.

하늘은 맑게 개고 이쪽저쪽으로 뭉글뭉글 피어오른 흰 꽃송이는 곱게도 움직인다. 저것도 구름인지 학들은 쌍쌍이 짝을 짓고 그새로 날아들며 끼리끼리 어르는 소리가 이 수풍(숲)까지 멀리 흘러내린다.

갖가지 나무들은 사방에 잎이 욱었고(우거졌고) 땡볕에 그 잎을 펴 들고 너훌너훌 바람과 아울러 산골의 향기를 자랑한다.

그 공중에는 나는 꾀꼬리가 어여쁘고…… 노란 날개를 팔딱이고 이 가지 저 가지로 옮아앉으며 흥에 겨운 행복을 노래 부른다.

— 고 — 이! 고이 고 — 이!

요렇게 아양스레 노래도 부르고 —

— 담배 먹구 꼴 베어!

맞은쪽 저 바위 밑은 필시 호랑님이 드나드는 굴이리라. 음침한 그 위에는 가시덤불 다래 넝쿨이 어지러이 엉키어 지붕이 되어 있고, 이것도 돌이라고 할지 연녹색 털북숭이는 올망졸망 놓여있고, 그리고 오늘도 어김없이 뻐꾸기는 날아와 그 잔등에 다리를 머무르며 —

— 뻐꾹! 뻐꾹! 뻑뻐꾹!

어느덧 이뿐이는 눈시울에 구슬방울이 맺히기 시작한다. 그리고 나물바구니가 툭, 하고 땅에 떨어지자 두 손에 펴 든 치마폭으로 그새 얼굴을 폭 가리고는 이뿐이는 흐룩흐룩 마냥 느끼며 울고 섰다.

이제야 후회하노니 도련님 공부하러 서울로 떠나실 때

저도 간다고 왜 좀더 붙들고 늘어지지 못했던가. 생각
하면 할수록 가슴만 미어질 노릇이다. 그래도 마님의
눈을 기어(피해) 자그마한 보따리를 옆에 끼고 산속으로
이십 리나 넘게 따라갔던 이뿐이가 아니었던가. 과연
이뿐이는 산등을 질러갔고 으슥한 고갯마루에서 기다
리고 섰다가 넘어오시는 도련님의 손목을 꼭 붙잡고,
"난 안 데려가지유!"
하고 애원 못한 것도 아니니 공연스레 눈물부터 앞을
가렸고 도련님이 놀라며,
"너 왜 오니? 여름에 꼭 온다니까, 어여 들어가라."
하고 역정을 내심에는 고만 두려웠으나 그래도 날 데려
가라고 그 몸에 매달리니 도련님은 얼마를 벙벙히 그냥
섰다가,
"울지 마라 이뿐아. 그럼 내 서울 가 자리나 잡거든 널
데려가마."
하고 등을 두드리며 달랠 제 만일 이 말에 이뿐이가 솔
깃하여 꼭 곧이듣지만 않았던들 도련님의 그 손을 안타
까이 놓지는 않았을 것을……
"정말 꼭 데려가지유?"
"그럼 한 달 후에 꼭 데려가마."

"난 그럼 기다릴 테야유!"

그리고 아침 햇발에 비끼는 도련님의 옷자락이 산등으로 꼬불꼬불 저 멀리 사라지고 아주 보이지 않을 때까지 이뿐이는 남이 볼까 하여 피어 흩어진 개나리 속에 몸을 숨기고 치마끈을 입에 물고는 눈물로 배웅하였던 것이 아니런가. 이렇게도 철석같이 다짐을 두고 가시더니 그 한 달이란 대체 얼마나 되는 건지 몇 한 달이 거듭 지나고 돌도 넘었으련만 도련님은 이렇다 소식 하나 전할 줄 모르신다. 실토로 터놓고 말하자면 이 늙은 잣나무 아래에서 도련님과 맨 처음 눈이 맞을 제 이뿐이가 먼저 그러자고 한 것도 아니련만…… 이뿐이 어머니가 마님댁 씨종이고 보면 그 딸 이뿐이는 잘 따져 봐야 씨의 씨종이니 하잘것없는 계집애이거늘 이뿐이는 제 몸이 이럼을 알고, 시내에서 홀로 빨래를 할 제이면 도련님이 가끔 덤벼들어 이게 장난이겠지 품에 꼭 껴안고 뺨을 깨물어 뜯는 그 꼴이 숭굴숭굴하고 밉지는 않았으나 그러나 이뿐이는 감히 그런 생각을 먹어 본 적이 없었다. 그날도 마님이 구미가 제치셨다고(입맛을 잃었다고) 애, 이뿐아. 나물 좀 뜯어 온. 하실 때 이뿐이는 퍽 반가웠고 아침밥도 몇 술로 겉날리고 바구니를 동무 삼아 집을 나섰으니 나이 아직 열여섯이라 마님에게 귀염을 받는 것이 다만 좋았고 칠칠한 나물을 뜯어드리고자 한사코 이 험한 산속으로 기어올랐다. 풀잎의 이슬은 아직 다 마르지 않았고 바위 틈바구니에 흩어진 잔디에는 커다란 구렁이가 똬리를 틀고서 떡하니 머구리(개구리) 한 놈을 우물거리며 있는 중이매 이뿐이는 쌔근쌔근 가쁜 숨을 쉬어 가며 그걸 가만히 들여다보고 섰다가 바로 발 앞에 도라지 순이 있음을 발견하고 꼬챙이로 막 캐려 할 즈음 등 뒤에서 뜻밖에 발자국 소리가 들리는 것이 아닌가. 깜짝 놀라며 고개를 돌려보니 언제 어디로 따라왔던가, 도련님은 물푸레나무토막을 한 손에 지팡이로 짚고 붉은 얼굴이 땀바가지가 되어 식식거리며 그리고 싱글싱글 웃고 있다. 그 모양이 하도 수상하여 이뿐이는 눈을 똥그랗게 뜨고 바라보니 도련님은 좀 면구쩍은지 낯을 모로 돌리며 그러나 여일히 싱글싱글 웃으며 뱃심 유한 소리가 ㅡ

"난 지팡이 꺾으러 왔다."

그렇지마는 이뿐이는 며칠 전 마님이 불러 세우고 '너

도련님하구 같이 다니면 매 맞는다.' 하시던 그 꾸지람을 얼른 생각하고,

"왜 따라왔지유…… 마님 아시면 남 매 맞으라구?"

하고 암팡스레 쏘았으나 도련님은 귓등으로 듣는지 그래도 여전히 싱글거리며 뱃심 유한 소리로,

"난 지팡이 꺾으러 왔다."

그제야 이쁜이는 성을 안 낼 수 없고,

"마님께 나 매 맞어두 난 몰라."

혼자말로 이렇게 되알지게 종알거리고 너야 가든 말든 하라는 듯이 고개를 돌리어 아까의 도라지를 다시 캐려고 하니 도련님은 무턱대고 그냥 와락 달려들어,

"너 맞는 거 나는 알지."

이쁜이를 뒤로 꼭 붙들고 땀이 쭉 흐른 그 뺨을 또 잔뜩 깨물고는 놓질 않는다. 이쁜이는 어려서부터 도련님과 같이 자랐고 같이 놀았으되 제가 먼저 그런 생각을 두었다면 도련님을 벌컥 떠다밀어 바위 너머로 곤두박질치게 했을 리 만무이었고, 궁둥이를 털고 일어나며 도련님이 무색하여 멀거니 쳐다보고 입맛만 다시니 이쁜이는 그 꼴이 보기 가여웠고 죄를 저지른 제 몸에 대하

여 죄송한 자책이 없던 바도 아니건마는 다시 손목을
잡히고 이 잣나무 밑으로 끌려올 제에는 온 힘을 다하
여 그 손깍지를 버리며 야단친 것도 사실이 아닌 건 아
니나, 그러나 어딘가 마음 한편에 앙살을 피우면서도
넉넉히 끌리어 가도록 도련님의 힘이 좀더 좀더 하는
생각이 전혀 없었다면 그것은 거짓말이 되고 말 것이
다. 물론 이뿐이가 얼굴이 빨개지며 앙큼스러운 생각을
먹은 것은 바로 이때이었고,

"난 몰라, 마님께 여쭐 터이야, 난 몰라!"

하고 적잖이 조바심을 태우면서도 도련님의 속
맘을 한번 뜯어보고자,

"누가 종두 이러는 거야?"

하고 손을 뿌리치고 된통 호령을 하고 보니 도련
님은 이 깊고 외진 산속임에도 불구하고 귀에다
입을 갖다 대고 가만히 속삭이는 그 말이,

"너, 나하고 멀리 도망가지 않으련?"

그러니 이뿐이는 이 말을 참으로 꼭 곧이들었고 사내가
이렇게 겁을 집어먹는 수도 있는지 도련님이 땅에 떨어
지는 성냥갑을 호주머니에 다시 집어넣을 줄도 모르고
덤벙거리며 산 아래로 꽁지를 뺄 때까지 이뿐이는 잣나

무 뿌리를 베고 풀밭에 번듯이 드러누운 채 푸른 하늘을 바라보며 인제 멀리만 달아나면 나는 저 도련님의 아씨가 되려니 하는 생각에 마님께 진상할 나물 캘 생각조차 잊고 말았다. 그러나 조금 지나매 이뿐이는 어쩐지 저도 겁이 나는 듯싶었고 발딱 일어나 사면을 휘돌아보았으나 거기에는 험상스러운 바위와 우거진 숲이 있을 뿐 본 사람은 하나도 없으련만 — 아마 산이 험한 탓일지도 모르리라. 가슴은 여전히 달랑거리고 두려우면서 그러나 이 몸뚱이를 제 품에 꼭 품고 같이 뒹굴고 싶은 안타까운 그런 행복이 느껴지지 않은 것도 아니었으니 도련님은 이렇게 정을 들이고 가시고는 이제 와서는 생판 모르는 체하시는 거나 아닐는지……

마을

두 손등으로 눈물을 씻고 고개는 어레 들었으나 나물 뜯을 생각은 않고 이뿐이는 늙은 잣나무 밑에 앉아서 먼 하늘을 치켜들고 도련님 생각에 이렇게도 넋을 잃는다.

이제 와 생각하면 야속스럽나니 마님께 매를 맞도록 한 것도 결국 도련님이었고 별 욕을 다 당하게 한 것도 결국 도련님이 아니었던가······.

매일같이 산엘 올라 다닌 지 단 나흘이 못 되어 마님은 눈치를 채셨는지 혹은 짐작만 하셨는지 저녁때 기진하여 내려오는 이뿐이를 불러 앉히시고,

"너 요년 바른 대로 말해야지 죽인다."

하고 회초리로 때리시되 볼기짝이 톡톡 불거지도록 하시었고, 그래도 안차게(겁없게) 아니라고 고집을 쓰니 이번에는 어머니가 달려들어 머리채를 휘감고 주먹으로 등어리를 서너 번 쾅쾅 때리더니 그만도 좋으련만 뜰아랫방에 갖다 가두고는 사나흘씩이나 바깥 구경을 못 하게 하고 구메밥으로 구박을 마구 함에는 이뿐이는 짜장 서럽지 않을 수가 없었다. 징역살이 맨 마지막 밤이 깊었을 제 이뿐이는 너무 원통하여 혼자 앉아서 울다가 자리에 누운 어머니의 허리를 꼭 끼고 그 품속으로 기어들며 '어머니, 나 데련님하고 살 테야.' 하고 그예 제 속중을 토설하니 어머니는 들었는지 먹었는지 그냥 잠잠히 누웠더니 한참 후 후유, 하고 한숨을 내뿜을 때에는 이미 눈에 눈물이 그렁그렁하였고, 그리고 또

한참 있더니 입을 열어 하는 이야기가 지금은 이렇게 늙었으나 자기도 색시 때에는 이뿐이만치나 어여뻤고 얼마나 맵시가 출중났던지 노라리(건달)와 은근히 배가 맞았으나 몇 달이 못 가서 노마님이 이걸 아시고 하루는 불러 세우고 때리시다가 마침내 샘(힘,기운)에 못 이기어 인두로 하초를 지지려고 들이덤비신 일이 있다고 일러 주고, 다시 몇 번 몇 번 당부하여 말하되 석숭네가 벌써부터 말을 건네는 중이니 도련님에게 맘일랑 두지 말고 몸 잘 갖고 있으라 하고 딱 떼는 것이 아닌가. 하기야 이뿐이가 무남독녀의 귀여운 외딸이 아니었던들 사흘 후에도 바깥엔 나올 수 없었으려니와, 비로소 대문을 나와 보니 그간 세상이 좀 넓어진 것 같고 마치 우리를 벗어난 짐승과 같이 몸의 가뜬함을 느꼈고 흉측스러운 산으로 뺑뺑 둘러싸인 이 산골에서 벗어나 넓은 버덩(들)으로 나간다면 기쁘기가 이보다 좀 더하리라 생각도 하여 보고, 어머니의 영대로 고추밭을 매러 개울 길로 내려가려니까 왼편 수풍 속에서 도련님이 불쑥 튀어나오며 또 붙들고 산에 안 갈 테냐고 대고 보채인다. 읍에 가 학교를 다니다가 요즘 방학이 되어 집에 돌아온 뒤로는 공부는 할 생각 않고 날이면 날 저물도록

저만 이렇게 붙잡으러 다니는
도련님이 딱도 하거니와, 한편
마님도 무섭고 또는 모처럼 용서를 받
는 길로 이러고 보면 이번에는 호되게 불이 내릴 것을
알고 이뿐이는 오늘은 안 되니 낼모레쯤 가자고 좋게
달래다가 그래도 듣지 않고 굳이 가자고 성화를 하는
데는 할 수 없이 몸을 뿌리치고 뺑소니를 놀 수밖에 딴
도리가 없었다. 구질구질하게 내리는 비로 말미암아 한
동안 손을 못 댄 고추밭은 풀들이 제법 성큼하게 엉기
었고 어디서부터 시작해야 좋을지 갈피를 모르겠는데
이뿐이는 되는 대로 한편 구석에 치마를 도사리고 앉아
서 이것도 명색은 김매는 거겠지, 호미로 흙등만 따짝
거리며, 정작 정신은 어젯밤 좋은 상전과 못 사는 법이
라던 어머니의 말이 옳은지 그른지 그것만 일념으로 아
로새기며 이리 씹고 저리도 씹어 본다. 그러나 이뿐이
는 아무렇게도 나는 도련님과 꼭 살아 보겠다, 혼자 맹
세하고 제가 아씨가 되면 어머니는 일테면 마님이 되련
마는 왜 그리 극성인가 싶어서 좀 야속하였고, 해가 한
나절이 되어 목덜미를 확확 달릴 때까지 이리저리 곰곰
생각하다가 고개를 들어 보매 받은 여태 한 고랑도 다

끝이 못 났으니 이놈의 밭이, 하고 탓 안 할 탓을 하며 저절로 하품이 나올 만치 어지간히 기가 막혔다. 이번에는 좀 빨랑빨랑 하리라 생각하고 이뿐이는 호미를 잽싸게 놀리며 폭폭 찍고 덤볐으나 그래도 웬일인지 일은 손에 붙지를 않고, 그뿐 아니라 등 뒤 개울의 덤불에서는 온갖 잡새가 귀둥대둥 멋대로 속삭이고 먼발치에서 풀을 뜯고 있는 황소가 메 — 하고 늘어지게도 소리를 내뽑으니 이뿐이는 이걸 듣고 갑자기 몸이 나른해지지 않을 수 없고 밭가에 선 수양버들 그늘에 쓰러져 한잠 들고 싶은 생각이 곧바로 나지마는 어머니가 무서워 차마 그걸 못 하고 만다. 인제 계집애는 밭일을 안 하도록 법으로 됐으면 좋겠다 생각하고 이뿐이는 울화증이 나서 호미를 메어꽂고 얼굴의 땀을 씻으며 앉아있노라니까 들로 보리를 걷으러 가는 길인지 석숭이가 빈 지게를 지고 꺼불꺼불 밭머리에 와 서더니 아주 썩 시퉁스레 입을 삐죽거리며 이뿐이를 건너대고 하는 소리가 —

"너 데련님하고 그랬다지 — ?"
새파랗게 간 비수로 가슴을 쭉 내리긋는대도 아마 이토록은 재겹지(힘들지) 않으리라마는 이뿐이는 어서 들었

느냐고 따져 볼 겨를도 없이 얼굴이 그만 홍당무가 되었고, 그놈의 소위로 생각하면 대뜸 들이덤벼 그 귓바퀴라도 물고 늘어질 생각이 곧 간절하나 한 죄는 있고 어째 볼 용기가 없으매 다만 고개를 푹 수그릴 뿐이다. 그러니까 석숭이는 제가 괜 듯싶어서 이뿐이를 짜장 넘보고 제법 밭 가운데까지 들어와 떡 버티고 서서는 또 한번 시큰둥하게 그리고 엇먹는 소리로,

"너, 데련님하구 그랬다지 — ?"

전일 같으면 제가 이뿐이에게 지게막대기로 볼기 맞을 생각도 않고 감히 이 따위 버르장머리는커녕 제 아버지 장사하는 원두막에서 몰래 참외를 따 가지고 와서,

"얘, 이뿐아. 너 이거 먹어라."

하다가,

"난 네가 주는 건 안 먹을 테야."

하고 몇 번 내뱉음에도 굴하지 않고 굳이 먹으라고 떠맡기므로 이뿐이가 마지못한 체하고 받아 들고는 물론 치마폭에 흙을 싹싹 문대고 나서 깨물고 앉아있노라면 아무쪼록 이뿐이 맘에 잘 들도록 호미를 대신 손에 잡

기가 무섭게 는실난실 김을 매 주었고, 그리고 가끔 이
뿐이를 웃겨 주기 위하여 그것도 재주라고 밭고랑에서
잘 봐야 곰 같은 몸뚱이로 이리 뒹굴고 저리 뒹굴고 하
였다. 석숭 아버지는 이놈이 또 어디로 내뺐구나 하고
찾아다니다가 여길 와보니 매라는 제 밭은 안 매고 남
계집애 밭에 들어와서 대체 원 이게 무슨 놀음인지 이
꼴이고 보매 기가 막힐 뿐더러 터지려는 웃음을 억지로
참고 노여운 낯을 지어 가며,

　　　　　"너, 이놈아. 네 밭은 안 매고 남의 밭
　　　　　　에 들어와 그게 뭐냐?"
　　　　　하고 꾸중을 하였지마는 석숭이가 깜
짝 놀라서 돌아다보고 고만 머쓱하여 궁둥이의 흙을 털
고 일어서며,
"이뿐이 밭 좀 매주러 왔지 뭘 그래?"
하고 되레 퉁명스레 뻗댐에는 더 책하지 않고,
"어, 망할 자식두 다 많어이!"
하고 돌아서 저리로 가며 보이지 않게 피익 웃고 마는
것인데, 그러면 이뿐이는 저의 처지가 꽤 야릇하게 됨
을 알고 저기까지 분명히 들리도록,
"너보고 누가 밭 매달랬어? 가, 어여 가, 가."

하고 다 먹은 참외는 생각 않고 등을 떠다밀며 구박을 막 하던 이런 터이련만 제가 이제 와 누구의 비위를 긁다니 하늘이 무너지면 졌지 이것은 도시 말이 안 된다.

돌

이뿐이는 남다른 부끄럼으로 온 전신이 확확 다는 듯싶었으나, 그러나 조금 뒤에는 무안을 당한 거기에 대갚음이 없어서는 아니 되리라 생각하고 앙칼스러운 역심이 가슴을 콕 찌를 때에는 어깨뿐만 아니라 등어리 전체가 샐룩거리다가 새침하게 발딱 일어나 사방을 훑어보더니 대낮이라 다들 일들 나가고 안마을에 사람이 없음을 알고 석숭이 소맷자락을 넌지시 끌며 그 옆 숙성하게 자란 수수밭 속으로 들어간다. 밭 한복판은 아늑하고 아무 데도 보이지 않으므로 함부로 떠들어도 괜찮으려니 믿고 이뿐이는 거기다 석숭이를 세워 놓자, 밭고랑에 널려진 돌 틈에서 맞아 죽지 않고 단단히 아플 만한 모리돌멩이 하나를 집어 들고 그 옆 정강이를 모질게 후려치며,

"이 자식, 뭘 어째구 어째?"

하고 딱딱 으르니까 석숭이는 처음에 뭐나 좀 생길까 하고 좋아서 따라왔던 걸 별안간 난데없는 모진 돌만 날아듦에는,

"아야!"

하고 소리치자 똑 선불 맞은 노루 모양으로 한번 뻐들껑 뛰며 눈이 그야말로 왕방울만해지지 않을 수가 없었다. 그러나 석숭이는 미움보다 앞서느니 기쁨이요, 전일에는 그 옆을 지나도 본척만척하고 그리 대단히 여겨 주지 않던 그 이쁜이가 일부러 이리 끌고 와 돌로 때리되 정말 아프도록 힘을 들일 만치 이쁜이에게 있어서는 지금의 저의 존재가 그만큼 끔찍함을 그 돌에서 비로소 깨닫고 짓궂게 씽글씽글 웃으며 한번 더 뒤둥그러진, 그리고 흘게 늦은(야무지지 못한) 목소리로,

"뭘, 데련님하고 그랬다는데."

하고 놀려 주었다. 이쁜이는,

"뭐 이 자식?"

하고 상기된 눈을 똑바로 떴으나 이번에는 돌멩이 집을 생각을 않고 아까부터 겨우 참아 왔던 울음이,

"으응!"

하고 탁 터지자 잡은 참에 덤벼들어 석숭이 옷가슴에 매달리며 쥐어뜯으니 석숭이는 이뿐이를 울려 놓은 것은 제 큰 죄임을 얼른 알고 눈이 휘둥그레져서,

"아니다, 아니다. 내 부러 그랬다. 아니다."

하고 입에 부리나케 그러나 손으로 등을 어루만지며, '아니다'를 여러 십 번을 부른 때에야 간신히 울음을 진정해 놓았고 이뿐이가 아직 느끼는 음성으로 몇 번 당부를 하니,

"인제 남 듣는 데 그리면 내 너 죽일 테야!"

"그래. 인제는 안 그러마."

참으로 이런 나쁜 소리는 다시 입에 담지 않으리라 맹세하였다. 이뿐이도 그제야 마음을 놓고 흔적이 없도록 눈물을 닦으면서,

"다시 그래 봐라, 내 죽인다!"

또 한번 다져 놓고 고추밭으로 도로 나오려 할 제 석숭이가 와락 달려들어 그 허리를 잔뜩 껴안고,

"너 그럼 우리 집에서 나한테로 시집오라니깐 왜 싫다구 그랬니?"

하고 설혹 좀 성가시게 굴었다 치더라도, 만일 이뿐이가 이 행실을 도련님이 아신다면 단박에 정을 떼시려니

하는 염려만 없었더라면 그리 대수롭지 않은 것을 그토
록 오지게 혼을 냈을 리 없었겠다고, 생각하면 두고두
고 입때껏 후회가 날만치 그렇게 사내의 뺨을 후려친
것도 결국 도련님을 위하는 이뿐이의 깨끗한 정이 아니
었던가……

물

가득히 품에 찬 서러움을 눈물로 가시
고 나물바구니를 손에 잡았으니, 이뿐
이는 다시 일어나 산중턱으로 거친 수
풍 속을 기어내리며 도라지를 하나 둘 캐기 시작한다.
참인지 아닌지 자세히는 모르나 멀리 날아온 풍설을 들
어 보면, 도련님은 서울 가 어여쁜 아씨와 다시 정분이
났다 하고 그뿐만이라도 오히려 좋으련마는 댁의 마님
은 마님대로 늙은 총각 오래 두면 병난다 하여 상냥한
아가씨만 찾는 길이니 대체 이게 웬 셈인지 이뿐이는
골머리가 아팠고 도라지를 캔다고 꼬챙이를 땅에 꾸욱
꽂으니 그대로 짚고 선 채 해만 점점 부질없이 저물어

간다. 맥을 잃고 다시 내려오다 이뿐이는 앞에 우뚝 솟은 바위를 품에 얼싸안고 그 앞을 굽어보니 험악한 석벽 틈의 맑은 물은 웅숭깊이 충충 괴었고 설핏한 하늘의 붉은 노을 한쪽을 똑 떼어들고 푸른 잎사귀로 전을 둘렀거늘, 그 모양이 보기에 퍽도 아름답다. 그걸 거울삼고 이뿐이는 저 밑에 까맣게 비치는 제 외양을 또 한번 고쳐 뜯어보니 한때는 도련님이 조르다 몸살도 났으려니와 의복은 비록 추레할망정 제 눈에도 밉지 않게 생겼고 남 가진 이목구비에 반반도 하련마는 뭐가 부족한지 달리 눈이 맞는 도련님의 심정을 알 수 없고, 어느덧 원망스러운 눈물이 눈에서 떨어지니 잔잔한 물면에 물둘레를 치기도 전에 무슨 밥이나 된다고 커다란 꺽지는 휘영휘영 올라와 꼴딱 받아먹고 들어간다. 이뿐이는 얼빠진 등신같이 맑은 이 물을 가만히 들여다보노라니 불시로 제 몸을 풍덩 던지어 깨끗이 빠져도 죽고 싶고, 아니 이왕 죽을진대 정든 임 품에 안겨 같이 풍, 빠지어 세상사를 다 잊고 알뜰히 죽고 싶고, 그렇다면 도련님이 이 등에 넙죽 엎디어 뺨에 뺨을 비벼 대고, 이 물을 같이 굽어보며,

"애, 울지 마라. 내가 가면 설마 아주 가겠니?"

하고 세우(몹시) 달랠 제 꼭 붙들고 풍덩실 하고 왜 빠지지 못했던가. 시방은 한가(원망)도 컸건마는 이뿐이는 그리도 삶에 주렸던지,

"정말 올 여름엔 꼭 오우?"

하고 아까부터 몇 번 묻던 걸 또 한번 다져 보았거늘 도련님은 시원스레 선뜻,

"그럼 오구 말구. 널 두고 안 오겠니!"

하고 대답하고 손에 꺾어 들었던 노란 동백꽃을 물 위로 홱 내던지며,

"너 참, 이 물이 무슨 물인지 알면 용치?"

눈을 끔벅끔벅하더니 이야기하여 가로되, 옛날에 이 산속에 한 장사가 있었고 나라에서는 그를 잡고자 사면팔방에 군사를 놓았다. 그렇지마는 장사에게는 비호같이 날랜 날개가 돋친 법이니 공중을 훌훌 나는 그를 잡을 길 없고 머리만 앓던 중 하루는 그예 이 물에서 목욕을 하고 있는 것을 사로잡았다는 것이로되, 왜 그러냐 하면 하느님이 잡수시는 깨끗한 이 물을 몸으로 흐렸으니 누구라도 천벌을 아니 입을 리 없고 몸에 물이 닿자 돋쳤던 날개가 흐지부지 녹아 버린 까닭이라고 말하고, 도련님은 손짓으로 장사의 처참한 최후를 시늉하며 가

장 두려운 듯이 눈을 커다랗게 끔적끔적하더니 뒤를 이어 그 말이,

"아, 무서! 애, 울지 마라. 저 물에 눈물이 떨어지면 너 큰일 난다."

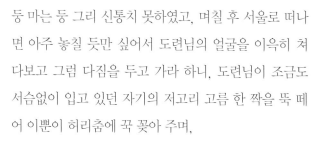

그러나 이뿐이는 그까짓 소리는 듣는 둥 마는 둥 그리 신통치 못하였고, 며칠 후 서울로 떠나면 아주 놓칠 듯만 싶어서 도련님의 얼굴을 이윽히 쳐다보고 그럼 다짐을 두고 가라 하니, 도련님이 조금도 서슴없이 입고 있던 자기의 저고리 고름 한 짝을 뚝 떼어 이뿐이 허리춤에 꾹 꽂아 주며,

"너 이래두 못 믿겠니?"

하니 황송도 하거니와 설마 이걸 두고야 잊으시진 않겠지 하고 속이 든든하지 않은 것도 아니었다. 대장부의 노릇이매 이렇게 하고 변심은 없을 것이나 그래도 잘 따져 보니 이 고름이 말하는 것도 아니건만 차라리 따라나서느니만 같지 못하다고 문득 마음을 고쳐먹고 고개로 쫓아간 건 좋으련마는 왜 그랬던고. 좀더 매달리어 진대를 안 붙고 거기 주저앉고 말았으니 이제 와서는 한가만 새롭고 몸에 고이 간직하였던 옷고름을 이 손에 꺼내 들고 눈물을 흘려 보되 별수 없나니 보람 없

이 격지만 늘어 간다. 하나 이거나마 아주 없었던들 그야 살맛조차 송두리 잃었으리랴마는 요즘 매일과 같이, 이 험한 깊은 산속에 올라와 옛 기억을 홀로 더듬어 보며 이뿐이는 해가 저물도록 이렇게 울고 서 있곤 하는 것이다.

길

모든 새들은 어제와 같이 노래를 부르고 날도 맑으련만 오늘은 웬일인지 이뿐이는 아직도 올라오질 않는다.

석숭이는 아버지가 읍의 장에 가서 세 마리의 닭을 팔아 그걸로 소금을 사오라 하여 아침 일찍 나온 것도 잊고 이 산에 올라와 다리를 묶은 닭들은 한편에 내던지고 늙은 잣나무 그늘에 누워 눈이 빠지도록 기다렸으나 이뿐이가 좀체 나오지 않으매 웬일일까, 고게 또 노하지나 않았나 하고 일쩍게 애를 태운다. 올 가을이 얼른 되어 새 곡식을 거두면 이뿐이에게로 장가를 들게 되었으니 기쁨인들 이 위에 더할 데 있으랴마는 이번에도 또 이뿐이가 밥도 안 먹고 죽는다고 야단을 친다면 헛일이 아닐까 하는 염려도 없지 않았거늘 그렇게 쌀쌀하고 매일매일 하던 이뿐이의 태도가 요즘에 들어와서는 갑자기 다소곳하고 눈 한번 흘길 줄도 모르니 이건 참으로 춤을 추어도 다 못 출 것이다. 뿐만 아니라 이슬비가 내리던 날 마님댁 울 뒤에서 이뿐이는 옥수수를 따고 서 있고 제가 그 옆을 지날 제 은근히 손짓을 하므로 가까이 다가서니 귀에다 나직이 속삭이는 소리가,

"너 편지 하나 써주련?"

"그래, 그래. 써주마. 내 잘 쓴다."

석숭이는 너무 반가워서 허둥거리며 묻지 않는 소리까지 하다가 또 그 말에 내 너 하라는 대로 다 할 게니 도련님에게 편지를 쓰되, 이뿐이는 여태 기다립니다, 하고, 그리고 이런 소리는 아예 입 밖에 내지 말라 하므로 그런 편지면 일 년 내내 두고 썼으면 좋겠다 속으로 생각하고 채 틀 못 박힌 연필 글씨로 다섯 줄을 그리기에 꼬박이 이틀 밤을 새고 나서 약속대로 산으로 이뿐이를 만나러 올라올 때에는 어쩐지 가슴이 두근두근하는 것이 바로 아내를 만나러 오는 남편의 기쁨이 또렷이 나타나는 것이다. 이뿐이가 얼른 올라와야 뭐가 제일 좋

으냐 물어 보고 이 닭들을 팔아 선물을 사다 주련만 오진 않고 석숭이는 암만 생각해야 영문을 모르겠으니 아마 요전번,

"이 편지 써 왔으니깐 너 나하구 꼭 살아야 한다."

하고 크게 얼른 것이 좀 잘못이라 하더라도 이뿐이가 고개를 푹 숙이고 있다가,

"그래."

하고 눈에 눈물을 보이며,

"그 편지 읽어 봐."

하고 부드럽게 말한 걸 보면 그리 노한 것은 아니니 석숭이는 기뻐서 그 앞에 떡 버티고, 제가 썼으나 제가 못 읽는 그 편지를 떠듬떠듬 데련님 전상사리, 가신 지가 오래 됐는디 왜 안 오구, 일 년 반이 됐는디 왜 안 오구 하니깐 이뿐이는 밤마두 눈물로 새오며, 이뿐이는 그럼 죽을 테니까 날을 듯이 얼찐 와서 — 이렇게 땀을 내며 읽었으나 이뿐이는 다 읽은 뒤 그걸 받아서 피봉에 도로 넣고 그리고 나물바구니 속에 감추고는 그대로 덤덤히 산을 내려온다. 산기슭으로 내려오니 앞에 큰 내가 놓여 있고 골고루도 널려 박힌 험상궂은 웅퉁바위 틈으로 물은 우람스레 부딪치며 콸콸 흘러내리매 정신이 다

아찔하여 이쁜이는 조심스레 바위를 골라 디디며 이쪽
으로 건너왔으나 아무리 생각하여도 같이 멀리 도망가
자는 도련님이 저 서울로 혼자만 삐쭉 달아난 것은 그
속을 알 수 없고 사나이 맘이 설사 변한다 하더라도 잣
나무 밑에서 그다지 눈물까지 머금고 조르시던 그 도련
님이 인제 와 싹도 없이 변하신다니 이것이야 신의 조

화가 아니면 안 될 것이다. 이뿐이는 산처럼 잎이 퍼드러진 호양나무 밑에 와 발을 멈추며 한 손으로 바구니의 편지를 꺼내어 행주치마 속에 감추어 들고 석숭이가 쓴 편지도 잘 찾아갈는지 미심도 하거니와 또한 도련님 앞으로 잘 간다 하면 이걸 보고 도련님이 끔뻑하여 뛰어올 건지 아닌지 그것조차 장담 못 할 일이건마는 아니, 오신다며 이 옷고름을 두고 가시던 도련님이거늘 설마 이 편지에도 안 오실 리 없으리라고 혼자 서서 우기며 해가 기우는 먼 고개를 바라보며 체부 오기를 기다린다. 체부가 잘 와야 사흘에 한 번 밖에는 더 들르지 않는 줄을 저라고 모를 리 없고 그리고 어제 다녀갔으니 모레나 오는 줄은 번연히 알지마는 그래도 이뿐이는 산길에 속는 사람같이, 저 산비탈로 꼬불꼬불 돌아나간 기나긴 산길에서 금시 체부가 보일 듯 보일 듯싶었는지, 해가 아주 넘어가고 날이 어둡도록, 지루하게도 이렇게 속 달게 체부 오기를 기다린다.

그러나 오늘은 웬일인지 어제와 같이 날도 맑고 산의 새들은 노래를 부르건만 이뿐이는 아직도 나올 줄을 모른다.

6

소낙비

소낙비

음산한 검은 구름이 하늘에 뭉게뭉게 모여드는 것이 금시라도 비 한줄기 할 듯하면서도 여전히 짓궂은 햇발은 겹겹산속에 묻힌 외진 마을을 통째로 자실 듯이 달구고 있었다. 이따금 생각나는 듯 산매 들린 바람은 논밭간의 나무들을 뒤흔들며 미쳐 날뛰었다.

뫼 밖으로 농군들을 멀리 품앗이로 내보낸 안마을의 공기는 쓸쓸하였다. 다만 맷맷한 미루나무 숲에서 거칠어 가는 농촌을 읊는 듯 매미의 애끓는 노래…….

매 ― 음! 매 ― 음!

춘호는 자기 집 ― 올봄에 5원을 주고 사서 든 묵삭은 오막살이집 — 방문턱에 걸터앉아서 바른 주먹으로 턱을 괴고는 봉당에서 저녁으로 때울 감자를 씻고 있는 아내를 묵묵히 노려보고 있었다. 그는 사나흘 밤이나 눈을 안 붙이고 성화를 하는 바람에 농사에 고리삭은 그의 얼굴은 더욱 해쓱하였다.

아내에게 다시 한번 졸라 보았다. 그러나 위협하는 어조로,

"이봐. 그래, 어떻게 돈 2원만 안 해줄 테여?"

아내는 역시 대답이 없었다. 갓 잡아 온 새댁 모양으로 씻는 감자나 씻을 뿐 잠자코 있었다.

되나 안 되나 좌우간 이렇다 말이 없으니 춘호는 울화가 터져서 죽을 지경이었다. 그는 타곳에서 떠돌아 온 몸이라 자기를 믿고 장리를 주는 사람도 없고 또는 그 알량한 집을 팔려 해도 단 이삼 원의 작자도 내닫지 않으므로 앞뒤가 꼭 막혔다마는, 그래도 아내는 나이 젊고 얼굴 똑똑하것다, 돈 2원쯤이야 어떻게라도 될 수 있겠기에 묻는 것인데 들은 체도 안 하니 썩 괘씸한 듯싶었다.

그는 배를 튀기며 다시 한번,

"돈 좀 안 해줄 테여?"

하고 소리를 빽 질렀다.

그러나 대꾸는 역시 없었다. 춘호는 노기충천
하여 불현듯 문지방을 떠다밀며 벌떡 일어섰
다. 눈을 홉뜨고 벽에 기댄 지게막대를 손에 잡
자 아내의 옆으로 바람같이 달려들었다.

"이년아, 기집 좋다는 게 뭐여. 남편의 근심도
덜어 주어야지, 끼고 자자는 기집이여?"

지게막대는 아내의 연한 허리를 모질게 후렸다. 까부라
지는 비명은 모지락스레 찌그러진 울타리 틈을 벗어 나
간다. 잼처(거듭) 지게막대는 앉은 채 고꾸라진 아내의
발뒤축을 얼러 볼기를 내리갈겼다.

"이년아, 내가 언제부터 너에게 조르는 게여?"

범같이 호통을 치며 남편이 지게막대를 공중으로 다시
올리며 모질음을 쓸 때 아내는,

"에구머니!"

하고 외마디를 질렀다. 연하여 몸을 뒤치자 거반 엎어
질 듯이 싸리문 밖으로 내달렸다. 얼굴에 눈물이 흐른
채 황그리는 걸음으로 문 앞의 언덕을 내리어 개울을
건너고 맞은쪽에 뚫린 콩밭 길로 들어섰다.

"너, 네가 날 피하면 어딜 갈 테여?"

발길을 막는 듯한 의미 있는 호령에, 달아나던 아내는 다리가 멈칫하였다. 그는 고개를 돌리어 싸리문 안에 아직도 지게막대를 들고 서 있는 남편을 바라보았다. 어른에게 죄지은 어린애같이 입만 쫑긋쫑긋하다가 남편이 뛰어나올까 겁이 나서 겨우 입을 열었다.

"쇠돌 엄마 집에 좀 다녀올게유."

쭈뼛쭈뼛 변명을 하고는 가던 길을 다
시 힝허케 내걸었다. 아내라고 요새
돈 2원이 급하게 필요함을 모르는 바

도 아니었다지마는, 그의 자격으로나 노동으로나 돈 2원이란 감히 땅띔도 못 해볼 형편이었다. 벌이래야 하잘것없는 것 — 아침에 일어나기가 무섭게 남에게 뒤질까 영산이 올라 산으로 빼는 것이다. 조그만 종다래끼를 허리에 달고 거한 산중에 드문드문 박혀 있는 도라지, 더덕을 찾아가는 일이었다. 깊은 산속으로 우중충한 돌 틈바귀로 잔약한 몸으로 맨발에 짚신짝을 끌며 강파른 산등을 타고 돌려면 젖 먹던 힘까지 녹아내리는 듯 진땀이 머리로부터 발끝까지 쭉 흘러내린다.

아랫도리를 단 외겹으로 두른 낡은 치맛자락은 다리로, 허리로 척척 엉기어 걸음을 방해하였다. 땀에 붙은 종아리는 거친 숲에 긁혀 그 쓰라림이 말이 아니다. 게다가 무더운 흙내는 숨이 탁탁 막히도록 가슴을 찌른다. 그러나 삶에 발버둥치는 순진한 그의 머리는 아무 불평도 일지 않았다.

가뭄에 콩 나기로 어쩌다 도라지 순이라도 어지러운 숲속에 하나 둘 뾰족이 뻗어 오른 것을 보면 그는 그래도 기쁨에 넘치는 미소를 띠었다.

때로는 바위도 기어올랐다. 정히 못 기어오를 그런 험한 곳이면 칡덩굴에 매달리기도 하는 것이었다. 땟국에 전 무명적삼은 벗어서 허리춤에다 꾹 찌르고는 호랑이 숲이라고 이름난 강원도 산골에 매달려 기를 쓰고 허비적거린다. 골바람은 지날 적마다 알몸을 두른 치맛자락을 공중으로 날린다. 그때마다 검붉은 볼기짝을 사양 없이 내보이는 그를 칡덩굴이 본다면, 배를 움켜쥐어도 다 못 볼 것이다지마는, 다행히 그윽한 산골이라 그 꼴을 비웃는 놈은 뻐꾸기뿐이었다.

이리하여 해동갑으로 헤갈을 하고 나면 캐어 모은 도라지, 더덕을 얼러 사발 가웃, 혹은 두어 사발 남짓하게 되는 것이다. 그러면 동리로 내려와 주막거리에 가서 그걸 내주고 보리쌀과 사발바꿈을 하였다. 그러나 요즘 엔 그나마도 철이 기울어 소출이 없다. 그 대신 남의 보리방아를 온종일 찧어 주고 보리밥 그릇이나 얻어다가 집으로 돌아와 농토를 못 얻어 뻔뻔히 노는 남편과 같이 나누는 것이 그날 하루하루의 생활이었다.

그러고 보니 돈 2원커녕 당장 목을 딴대도 피도 나올지가 의문이었다.

만약 돈 2원을 돌린다면 아는 집에서 보리라도 꾸어 파는 수밖에는 다른 도리가 없다. 그리고 온 동리의 아낙네들이 치맛바람에 팔자 고쳤다고 쑥덕거리며 은근히 시새우는 쇠돌 엄마가 아니고는 노는 보리를 가진 사람이 없다. 그런데 도둑이 제 발 저리다고 그는 자기 꼴 주제에 제물에 눌려서 호사로운 쇠돌 엄마에게는 죽어도 가고 싶지 않았다. 쇠돌 엄마도 처음에는 자기와 같이 천한 농부의 계집이련만 어쩌다 하늘이 도와 동리의 부자 양반 이주사와 은근히 배가 맞은 뒤로는 얼굴도 모양내고, 옷치장도 하고, 밥걱정도 안 하고 하여 아주 금방석에 뒹구는 팔자가 되었다. 그리고 쇠돌 아버지도 이게 웬 땡이냐 듯이 아내를 내어놓은 채 눈을 살짝 감아 버리고 이주사에게서 나온 옷이나 입고 주는 쌀이나 먹고 연년(매년)이 신통치 못한 자기 농사에는 한 손을 떼고는 희자를 뽑는 것이 아닌가!

사실 말인즉, 춘호 처가 쇠돌 엄마에게 죽어도 아니 가려는 그 속 까닭은 정작 여기 있었다.

바로 지난 늦은 봄, 달이 뚫어지게 밝은 어느 밤이었다. 춘호가 보름계 추를 보러 산모퉁이로 나간 것이 이슥하여도 돌아오지 않으므로 집에서 기다리던 아내가 이젠 자고 올려나 생각하고는 막 드러누워 잠이 들려니까 웬 난데없는 황소 같은 놈이 뛰어들었다. 허둥지둥 춘호 처를 마구 깔다가 놀라서 으악 소리를 치는 바람에 그냥 달아난 일이 있었다. 어수룩한 시골 일이라 별반 풍설도 아니 나고 쓱싹 되었으나 며칠이 지난 뒤에야 그것이 동리의 부자 이주사의 소행임을 비로소 눈치채었다.

그런 까닭으로 해서 춘호 처는 쇠돌 엄마와 직접 관계는 없다고 해도 그를 대하면 공연스레 얼굴이 뜨뜻하여지고 무슨 죄나 진 듯이 어색하였다.

그리고 더욱이 쇠돌 엄마가,

"새댁. 나는 속곳이 세 개구, 버선이 네 벌이구, 행."

하며 아주 좋다고 한들대는 꼴을 보면 혹시 자기에게 함정을 두고서 비아냥거리는 거나 아닌가, 하는 옥생각으로 무안해서 고개를 못 들었다. 한편으로는 자기도 조금만 잘했더라면 지금쯤은 쇠돌 엄마처럼 호강을 할 수 있었을 그런 갸륵한 기회를 깝살려(흐지부지 하게) 버린 자기 행동에 대한 후회와 애탄으로 말미암아 마음을 괴롭히는 그 쓰라림도 적지 않았다.

그러나 아무리 욕을 보더라도 나날이 심해 가는 남편의 무지한 매보다는 그래도 좀 헐할 게다.

오늘은 한맘 먹고 쇠돌 엄마를 찾아가려는 것이었다.

춘호 처는 이번 걸음이 헛발이나 하지 않을까 일념으로 심화를 하며 수양버들이 쭉 늘어박힌 논두렁길로 들어섰다. 그는 시골 아낙네로는 용모가 매우 반반하였다. 좀 야윈 듯한 몸매는 호리호리한 것이 소위 동리의 문자로 외입깨나 하염직한 얼굴이었으되 추레한 의복이며 퀴퀴한 냄새는 거지를 볼 지른다. 그는 왼손 바른손으로 겨끔내기로 치맛귀를 여며 가며 속살이 삐질까 조심조심 걸었다.

감사나운 구름송이가 하늘 신폭을 휘덮고는 차츰차츰

지면으로 처져 내리더니 그예 산봉우리에 엉기어 살풍경이 되고 만다. 먼 데서 개 짖는 소리가 앞뒷산을 한적하게 울린다. 빗방울은 하나 둘 떨어지기 시작하더니 차차 굵어지며 무더기로 퍼부어 내린다.

춘호 처는 길가에 늘어진 밤나무 밑으로 뛰어 들어가 비를 거누며 쇠돌 엄마 집을 멀리 바라보았다. 북쪽 산기슭 높직한 울타리로 뺑 돌려 두르고 앉아있는 오목하고 맵시 있는 집이 그 집이었다. 그런데 싸리문이 꼭 닫힌 걸 보면 아마 쇠돌 엄마가 농군청에 저녁 제누리(곁두리, 새참)를 나르러 가서 아직 돌아오지 않은 모양이었다.

그는 쇠돌 엄마 오기를 지켜보며 우두커니 서서 기다리고 있었다.

나뭇잎에서 빗방울은 뚝뚝 떨어지며 그의 뺨을 흘러 젖가슴으로 스며든다. 바람은 지날 적마다 냉기와 함께 굵은 빗발을 몸에 들이친다.

비에 쪼르륵 젖은 치마가 몸에 찰싹 휘감기어 허리로, 궁둥이로, 다리로, 살의 윤곽이 그대로 비쳐 올랐다.

무던히 기다렸으나 쇠돌 엄마는 오지 않았다. 하도 진력이 나서 하품을 하여 가며 정신없이 서 있노라니 왼편 언덕에서 사람 오는 발자국 소리가 들린다. 그는 고개를 돌려 보았다. 그러나 날쌔게 나무 틈으로 몸을 숨겼다.

동이배를 가진 이주사가 지우산을 받쳐 쓰고는 쇠돌네 집을 향하여 엉덩이를 껍죽거리며 내려가는 길이었다. 비록 키는 작달막하나 숱 좋은 수염이라든지, 온 동리를 털어야 단 하나뿐인 탕건이든지, 썩 풍채 좋은 오십 전후의 양반이다. 그는 싸리문 앞으로 가더니 자기 집처럼 거침없이 문을 떠다밀고는 안으로 버젓이 들어가 버린다.

이것을 보니 춘호 처는 다시금 속이 편치 않았다. 자기는 개돼지같이 무시로 매만 맞고 돌아다니는 천덕구니다. 안팎으로 귀염을 받으며 간들대는 쇠돌 엄마와 사람 된 치수가 두드러지게 다름을 그는 알 수가 있었다. 쇠돌 엄마의 호강을 너무나 부럽게 우러러보는 반동으로 자기도 잘만 했더라면 하는 턱없는 희망과 후회가 전보다 몇 갑절 쓰린 맛으로 그의 가슴을 찌푸렸다. 쇠돌네 집을 하염없이 건너다보다가 어느덧 저도 모르게 긴 한숨이 굴러 내린다.

언덕에서 쓸려 내리는 사태물이 발등까지 개흙으로 덮

으며 소리쳐 흐른다. 빗물에 푹 젖은 몸뚱어리는 점점 떨리기 시작한다.

그는 가볍게 몸서리를 쳤다. 그리고 당황한 시선으로 사방을 경계하여 보았다. 아무도 보이지는 않았다. 다시 시선을 돌리어 그 집을 쏘아보며 속으로 궁리하여 보았다. 안에는 확실히 이주사뿐일 것이다. 그때까지 걸렸던 싸리문이라든지 또는 울타리에 넌 빨래를 여태 안 걷어 들인 것을 보면 어떤 맹세를 두고라도 분명히 이주사 외의 다른 사람은 하나도 없을 것이다.

그는 마음 놓고 비를 맞아 가며 그 집으로 달려들었다. 봉당으로 선뜻 뛰어오르며,

"쇠돌 엄마 기슈?"

하고 인기척을 내보았다.

물론 당자의 대답은 없었다. 그 대신 그 음성이 나자 안방에서 이주사가 번개같이 머리를 내밀었다. 자기 딴은 꿈밖이란 듯 눈을 두리번두리번하더니 옷 위로 불거진 춘호 처의 젖가슴, 아랫배, 넓적다리, 발등까지 슬쩍 음충스레 훑어보고는 거나한 낯으로 빙그레한다. 그리고 자기도 봉당으로 주춤주춤 나오며,

"쇠돌 엄마 말인가? 왜 지금 막 나갔지. 곧 온댔으니

안방에 좀 들어가 기다렸으면……."

하고 매우 일이 딱한 듯이 어름어름한다.

"이 비에 어딜 갔에유?"

"지금 요 밖에 좀 나갔지, 그러나 곧 올 걸……."

"있는 줄 알고 왔는디……."

춘호 처는 이렇게 혼자말로 낙심하며 섭섭한 낯으로 머뭇머뭇하다가 그냥 돌아갈 듯이 봉당 아래로 내려섰다.

이주사를 쳐다보며 물 찬 제비같이 산드러지게,

"그럼 요담에 오겠어유, 안녕히 계시유."

하고 작별의 인사를 올린다.

"지금 곧 온댔는데, 좀 기다리지……."

"담에 또 오지유."

"아닐세, 좀 기다리게. 여보게, 여보게, 이봐!"

춘호 처가 간다는 바람에 이주사는 체면도 모르고 기가 올랐다. 허둥거리며 재주껏 만류하였으나 암만해도 안 될 듯싶다. 춘호 처가 여기에 찾아온 것도 큰 기적이려니와 뇌성벽력에 구석진 곳이것다 이렇게 솔깃한 기회는 두 번 다시 못 볼 것이다. 그는 눈이 뒤집혀 입에 물었던

장죽을 쑥 뽑아 방 안으로 치뜨리고는 계집의 허리를
뒤로 다짜고짜 끌어안아서 봉당 위로 끌어올렸다.

계집은 몹시 놀라며,

"왜 이러서유, 이거 놓으세유."

하고 몸을 뿌리치려고 앙탈을 한다.

"아니, 잠깐만."

이주사는 그래도 놓지 않으며 허겁스러운 눈짓으로 계
집을 달랜다. 흘러내리는 고의춤을 왼손으로 연신 치우
치며 바른팔로는 계집을 잔뜩 움켜잡고 엄두를 못 내어
쩔쩔매다가 간신히 방 안으로 끙끙 몰아넣었다. 안으로
문고리는 재빠르게 채웠다.

밖에서는 모진 빗방울이 배춧잎에 부딪히는 소리, 바람
에 나무 떠는 소리가 요란하다. 가끔 양철통을 내려 굴
리는 듯 거쿨진 천둥소리가 방고래를 울리며 날은 점점
침침하였다.

얼마쯤 지난 뒤였다. 이만하면 길이 들었으려니, 안심
하고 이주사는 날숨을 후 — 하고 돌린다. 실없이 고마
운 비 때문에 발악도 못 치고 앙살도 못 피우고 무릎 앞
에 고분고분 늘어져 있는 계집을 대견히 바라보며 빙긋
이 얼러 보았다. 계집은 온 몸에 진땀이 쭉 흐르는 것이

꽤 더운 모양이다. 벽에 걸린 쇠돌 엄마의 적삼을 꺼내
어 계집의 몸을 말쑥하게 훌닦기 시작한다. 발끝서부터
얼굴까지……

"너, 열아홉이라지?"

하고 이주사는 취한 얼굴로 얼근히 물어 보았다.

"니에."

하고 메떨어진(촌스러운) 대답. 계집은 이주사 손에 눌리어 일어나지도 못 하고 죽은 듯이 가만히 누워 있다. 이주사는 계집의 몸뚱이를 다 씻기고 나서 한숨을 내뿜으며 담배 한 대를 턱 피워 물었다.

"그래, 요새도 서방에게 주리경을 치느냐?"

하고 묻다가 아무 대답도 없으매,

"원, 그래서야 어떻게 산단 말이냐, 하루 이틀도 아니고. 사람의 일이란 알 수 있는 거냐? 그러다 혹시 맞아 죽으면 정장(고소장) 하나 해볼 곳 없는 거야. 허니, 네 명이 아까우면 덮어놓고 민적을 가르는 게 낫겠지."

하고 계집의 신변을 위하여 염려를 마지않다가 번뜻 한가지 궁금한 것이 있었다.

"너 참, 아이 낳았다 죽었다더구나?"

"니에."

아무 말 못 하고 고개를 외면하였다.

이주사도 그까짓 것 더 묻지 않았다. 그런데 웬 녀석의 냄새인지 무생채 썩는 듯한 시크무레한 악취가 불시로 코청을 찌르니 눈살을 찌푸리지 않을 수 없다. 처음에야 그런 줄은 도통 몰랐더니 알고 보니까 비위가 족히 역하였다. 그는 빨고 있던 담배통으로 계집의 배꼽께를 똑똑히 가리키며,

"애, 이 살의 때꼽 좀 봐라. 그래 물이 흔한데 이것 좀 못 씻는단 말이냐?"

하고 모처럼의 기분이 상한 것이 앵하단(아까운) 듯이 꺼림한 기색으로 혀를 찼다. 하지만 계집이 참다참다 이내 무안에 못 이기어 일어나 치마를 입으려 하니 그는 역정을 벌컥 내었다. 옷을 빼앗아 구석으로 동댕이치고는 다시 그 자리에 끌어 앉혔다. 그리고 자기 딸이나 책하듯이 아주 대범하게 꾸짖었다.

"왜 그리 계집이 달망대니? 좀 듬직치가 못하구……."

춘호 처가 그 집을 나선 것은 들어간 지 약 한 시간 만이었다. 비는 여전히 쭉쭉 내린다. 그는 진땀을 있는 대로 흠뻑 쏟고 나왔다. 그러나 의외로 아니 천행으로 오늘 일은 성공이었다. 그는 몸을 솟치며 생긋하였다. 그런 모욕과 수치는 난생 처음 당하는 봉변으로, 지랄 중에도 몹쓸 지랄이었으나 성공은 성공이었다. 복을 받으려면 반드시 고생이 따르는 법이니 이까짓 거야 골백번

당한다 해도 남편에게 매나 안 맞고 의좋게 살 수만 있다면 그는 사양치 않을 것이다. 이주사를 하늘같이, 은인같이 여겼다. 남편에게 부쳐 먹을 농토를 줄 테니 자기의 첩이 되라는 그 말도 죄송하였으나 더욱이 돈 2원을 줄 것이니 내일 이맘때 쇠돌네 집에서 넌지시 만나자는 그 말은 무엇보다도 고마웠고 벅찬 짐이나 푼 듯 마음이 홀가분하였다. 다만 애계이는(마음이 쓰여 애다는) 것은 만약 자기의 행실이 남편에게 발각되는 나절에는 대매에 맞아 죽을 것이다. 그는 일변 기뻐하며 일변 애를 태우며 자기 집을 향하여 세차게 쏟아지는 빗속을 가분가분 내리달렸다.

춘호는 아직도 분이 못 풀리어 뿌루퉁하니 홀로 앉았다. 그가 자기의 고향인 인제를 등진 지 벌써 3년이 되었다. 해를 이어 흉작에 농작물은 잘못되고 따라서 빚쟁이들의 위협과 악다구니는 날로 심하였다. 마침내 하릴없이 집 세간을 그대로 내버리고 알몸으로 밤도주하였던 것이다. 살기 좋은 곳을 찾는다고 나이 어린 아내의 손목을 이끌고 이산 저산을 넘어 표랑하였다. 그러다 우정 찾아든 곳이 고작 이 마을이나 산속은 역시 일반이다. 어느 산골에를 가 호미를 잡아 보아도 정은 조그만큼도 안 붙었고, 거기에는 오직 쌀쌀한 불안과 굶주림이 품을 벌려 그를 맞을 뿐이었다. 터무니없다(근거가 없다) 하여 농토를 안 준다. 일 구멍이 없으매 품을 못 판다. 밥이 없다. 결국에 그는 피폐하여 가는 농민 사이를 감도는 엉뚱한 투기심에 몸이 달뗬다. 요사이 며칠 동안을 두고 요 너머 뒷산 속에서 밤마다 큰 노름판이 벌어지는 기미를 알았다. 그는 자기도 한몫 보려고 끼룩거렸으나 좀체로 밑천을 만들 수가 없었다.

2원! 수가 좋아서 이 2원이 조화만 잘 한다면 금시발복이 못 된다고 누가 단언할 수 있으랴! 삼사십 원 따서 동리의 빚이나 대충 갚고 옷 한 벌 지어 입고는 진저리 나는 이 산골을 떠나려는 것이 그의 배포였다. 서울로 올라가 아내는 안잠(남의 집 살이)을 재우고 자기는 노동을 하고, 둘이서 다부지게 벌면 안락한 생활을 할 수가 있을 텐데, 이런 산 구석에서 굶어죽을 맛이야 없었다. 그래서 젊은 아내에게 돈 좀 해오라니까 요리 매끈 조리 매끈 매만 피하고 곁들어 주지 않으니 그 소행이 여간 괘씸한 것이 아니다.

아내가 물에 빠진 생쥐 꼴을 하고 집으로 달려들자 미처 입도 벌리기 전에 남편은 이를 악물고 주먹뺨을 냅다 붙인다.

"너 이년. 매만 살살 피하고 어디 가 자빠졌다 왔니?"

볼치 한 대를 얻어맞고 아내는 오기가 질리어 벙벙하였다. 그래도 직성이 못 풀리어 남편이 다시 매를 손에 잡으려 하니 아내는 질겁하여 살려 달라고 두 손으로 빌며 개신개신 입을 열었다.

"낼 되유…… 낼. 돈, 낼 되유."

하며 돈이 변통됨을 삼가 아뢰는 그의 음성은 질반이 울음이었다.

남편이 반신반의하여 눈을 찌긋하다가,

"낼?"

하고 목청을 돋웠다.

"네. 낼 된대유."

"꼭 되여?"

"네. 낼 된대유."

남편은 시골 물정에 능통하니만치 난데없는 돈 2원이 어디서 어떻게 되는 것까지는 추궁해 물으려 하지 않았다. 그는 적이 안심한 얼굴로 방문턱에 걸터앉으며 담

뱃대에 불을 그었다. 그제야 아내도 비로소 마음을 놓
고 감자를 삶으러 부엌으로 들어가려 하니 남편이 곁으
로 걸어오며 측은한 듯이 말렸다.

"병나. 방에 들어가 어여 옷이나 말려. 감자는 내 삶을
게."

먹물같이 짙은 밤이 내리었다. 비는 더욱 소리를 치며 앙상한 그들의 방 벽을 앞뒤로 울린다. 천장에서 비는 새지 않으나 집 지은 지가 오래 되어 방고래가 물러앉다시피 된 방이라 도배를 못 한 방바닥에는 물이 스며들어 귀축축하다. 거기다 거적 두 닢만 덩그렇게 깔아 놓은 것이 그들의 침소였다. 석유등은 없어 캄캄한 바로 지옥이다. 벼룩은 사방에서 마냥 스멀거린다.

그러나 등걸잠에 익숙한 그들은 천연스럽게 나란히 누워 줄기차게 퍼붓는 밤비 소리를 귀담아듣고 있었다. 가난으로 인하여 부부간의 애틋한 정을 모르고 나날이 매질로 불평과 원한 중에서 복대기던 그들도 이 밤에는 불시로 화목하였다. 단지 남의 품에 든 돈 2원을 꿈꾸어 보고도……

"서울 언제 갈라유."

남편의 왼팔을 베고 누웠던 아내가 남편을 향하여 응석 비슷이 물어 보았다. 그는 남편에게 서울의 화려한 거리며 후한 인심에 대하여 여러 번 들은 바 있어 일상 안타까운 마음으로 몽상은 하여 보았으나 실지 구경은 못

하였다. 얼른 이 고생을 벗어나 살기 좋은 서울로 가고 싶은 생각이 간절하였다.

"곧 가게 되겠지, 빚만 좀 없어도 가뜬하련만."

"빚은 낭중 갚더라도 얼른 갑시다유."

"염려 없어. 이달 안으로 꼭 가게 될 거니까."

남편은 썩 쾌히 승낙하였다. 딴은 그는 동리에서 일컬어 주는 난질꾼으로 투전장의 가보(아홉 끗수) 쯤은 시루에서 콩나물 뽑듯 하는 능수였다. 내일 밤 2원을 가지고 벼락같이 노름판에 달려가서 있는 돈이란 깡그리 모집어 올 생각을 하니 그는 은근히 기뻤다. 그리고 교묘한 자기의 손재간을 홀로 뽐내었다.

"이번이 서울 처음이지?"

하며 그는 서울 바람 좀 한번 쐬었다고 아는 체를 하며 팔로 아내의 머리를 흔들어 물어 보았다. 성미가 워낙 겁겁한지라 지금부터 서울 갈 준비를 착착 하고 싶었다. 그가 제일 걱정되는 것은 둠(못, 늪, 여기서는 시골) 구석에서 내(내놓아) 자라 먹은 아내를 데리고 가면 서울 사람에게 놀림도 받을 게고 거리끼는 일이 많을 듯 싶었다. 그래서 서울 가면 꼭 지켜야 할 필수조건을 아내에게 일일이 설명하지 않을 수 없었다.

첫째, 사투리에 대한 주의부터 시작되었다. 농민이 서울 사람에게, '꼬라리'라는 별명으로 감잡히는 그 이유는 무엇보다도 사투리에 있을지니 사투리는 쓰지 말며, '합세'를 '하십니까'로, '하게유'를 '하오'로 고치되 말끝을 들지 말지라. 또 거리에서 어릿어릿하는 것은 내가 시골뜨기요 하는 얼뜬 짓이니 갈 길은 재게 가고 볼 눈을 또릿또릿하게 볼지라 ― 하는 것들이었다. 아내는 그 끔찍한 설교를 귀담아들으며 모기 소리로 '네, 네'를 하였다. 남편은 두어 시간 가량을 쉴 틈 없이 꼼꼼하게 주의를 다져 놓고는 서울의 풍습이며 생활방침 등을 자기의 의견대로 그럴싸하게 이야기하여 오다가 말끝이 어느덧 화장술에까지 이르게 되었다. 시골 여자가 서울에 가서 안잠을 잘 자주면 몇 해 후에는 집까지 얻어 갖는 수가 있는데, 거기에는 얼굴이 예뻐야 한다는 소문을 일찍 들은 바 있어 하는 소리였다.

"그래서 날마다 기름도 바르고, 분도 바르고, 버선도 신고 해서 쥔 마음에 썩 들어야……"

한참 신바람이 올라 주워섬기다가 옆에서 쌔근쌔근 소리가 들리므로 고개를 돌려 보니 아내는 이미 곯아떨어져 잠이 깊었다.

"이런 망할 거, 남 말하는데 자빠져 잔담."

남편은 혼자 중얼거리며 바른팔을 들어 이마 위로 흐트러진 아내의 머리칼을 뒤로 쓰다듬어 넘긴다. 세상에 귀한 것은 자기의 아내! 만약 이 아내가 없었던들 자기는 홀로 어떻게 살 수 있으려는가! 명색이 남편인데 이날까지 옷 한 벌 변변히 못 해 입히고 고생만 짓시킨 그 죄가 너무나 큰 듯 가슴이 뻐근하였다. 그는 왁살스러운 팔로 아내의 허리를 꼭 껴안아 가지고 앞으로 바특이 끌어당겼다.

밤새도록 줄기차게 내리던 빗소리가 아침에 이르러서야 겨우 그치고 점심때에는 생기로운 볕까지 들었다. 쿨렁쿨렁 논물 나는 소리는 요란히 들린다. 시내에서 고기 잡는 아이들의 고함이며, 농부들의 희희낙락한 메나리(농요중 하나)도 기운차게 들린다.

비는 춘호의 근심도 씻어 간 듯 오늘은 그에게도 즐거운 빛이 보였다.

"저녁 제누리 때 되었을 걸, 얼른 빗고 가봐 ―"

그는 갈증이 나서 아내를 자꾸 재촉하였다.

"아직 멀었어유."

"먼 게 뭐냐, 늦었어."

"뭘!"

아내는 남편의 말대로 벌써부터 머리를 빗고 앉았으나 원체 달포나 아니 가리어 엉킨 머리가 시간이 꽤 걸렸다. 그는 호랑이 같은 남편에게 오래간만에 정다운 정을 받고 보니 근래에 볼 수 없는 희색이 얼굴에 떠돌았다. 어느 때에는 맥적게(싱겁게) 생글생글 웃어도 보았다.

아내가 꼼지락거리는 것이 보기에 퍽 갑갑하였다. 남편은 아내 손에서 얼레빗을 쑥 뽑아 들고는 시원스레 쭉쭉 내려 빗긴다. 다 빗긴 뒤, 옆에 놓은 밥사발의 물을 손바닥에 연신 칠해 가며 머리에다 번지르르하게 발라 놓았다. 그래 놓고 위에서부터 머리칼을 재워 가며 맵시 있게 쪽을 딱 찔러 주더니 오늘 아침에 한사코 공을 들여 삼아 놓았던 짚신을 아내의 발에 신기고 주먹으로 자근자근 골을 내주었다.

"인제 가봐!"

하다가,

"바루 곧 와, 응?"

하고 남편은 그 2원을 고이 받고자 손색없도록, 실패 없도록 아내를 모양내어 보냈다.

7
노다지

노다지

그믐 칠야 캄캄한 밤이었다. 하늘의 별은 깨알같이 총총 박혔다. 그 덕으로 솔숲 속은 간신히 희미하였다. 험한 산중에도 우중충하고 구석배기 외딴곳이다. 버석만 하여도 가슴이 덜렁한다. 호랑이, 산골 호생원!

만귀(깊은 밤)는 잠잠하다. 가을은 이미 늦었다고 냉기는 모질다. 이슬을 품은 가랑잎은 바시락바시락 날아들며 얼굴을 축인다.

꽁보는 바랑을 모로 베고 풀 위에 꼬부리고 누웠다가 잠깐 깜박하였다. 다시 눈이 떠졌을 적에는 몸서리가 몹시 나온다. 형은 맞은편에 그저 웅크리고 앉아 있는 모양이다.

"성님, 인제 시작해 볼라우!"

"아직 멀었네. 좀 춥더라도 참참
이 해야지……."

어둠 속에서 그 음성만 우렁차게,
그러나 가만히 들릴 뿐이다. 연모를 고
치는지 마치 쇠 부딪는 소리와 아울러 부스럭거린다.
꽁보는 다시 옹송그리고 새우잠으로 눈을 감았다. 야기
(밤공기)에 옷은 젖어 후줄근하다. 아랫도리가 척 나간
듯이 감촉을 잃고, 대고(자꾸) 쑤실 따름이다. 그대로
버뜩 일어나 하품을 하고는 으드들 떨었다.

어디서인지 자박자박 사라지는 발자국 소리가 들린다.
꽁보는 정신이 번쩍 나서 눈을 둥굴린다.

"누가 오는 게 아뉴?"

"바람이겠지, 즈들이 설마 알라구!"

신청부같은 그 대답에 적이 맘이 놓인다. 곁에 형만 있
으면야 몇 놈쯤 오기로서니 그리 쪼일 게 없다. 적삼의
깃을 여미며 휘돌아보았다.

감때사나운 큰 바위가 반득이는 하늘을 찌를 듯이, 삐
쭉 솟았다. 그 양 어깨로 자지레한 바위는 뭉글뭉글한

놈이 검은 구름 같다. 그러면 이번에는 꿈인지 호랑인지 영문 모를 그런 험상궂은 대가리가 공중에 불끈 나타나 두리번거린다. 사방은 모두 이따위 산에 둘렸다. 바람은 뺀질나게 구르며 습기와 함께 낙엽을 풍긴다. 을씨년스레 샘물은 노냥 쫄랑쫄랑 금시라도 시커먼 산 중턱에서 호랑이 불이 보일 듯싶다. 꼼짝 못할 함정에 든 듯이 소름이 쭉 돋는다.

꽁보는 너무 서먹서먹하고 허전하여 어깨를 으쓱 올린다. 몹쓸 놈의 산골도 다 많으이. 산골마다 모조리 요지경이람. 이러고 보니 몹시 무서운 기억이 눈앞으로 번쩍 지난다.

바로 작년 이맘때이다. 그날도 오늘과 같이 밤을 도와 잠채(광물을 몰래 채굴)를 하러 갔던 것이다. 회양 근방에도 가장 험하다는, 마치 이렇게 휘하고 낯선 산골을 기어올랐다. 꽁보에 더펄이, 그리고 또 다른 동무 셋과. 초저녁부터 내리는 보슬비가 웬일인지 그칠 줄을 모른다. 붕, 하고 난데없이 이는 바람에 안기어 비는 낙엽과 함께 몸에 부딪고 또 부딪고 하였다. 모두들 입 벌릴 기

력조차 잃고, 대고 부들부들 떨었다. 방금 넘어올 듯이
덩치 커다란 바위는 머리를 불쑥 내어 대고 길을 막고
막고 한다. 그놈을 끼고 캄캄한 절벽을 돌고 나니 땀이
등줄기로 쪽 내려 흘렀다. 게다가 언제 호랑이가 내닫
는지 알 수 없으매 가슴은 펄쩍 두근거린다.

그러나 하기는, 이제 말이지 용케도 해먹
긴 하였다. 아무렇든지 다섯 놈이 서
른 길이나 넘는 암굴에 들어가서
한 시간도 채 못 되어 감(광석)을
두 포대나 실히 따올렸지마는, 문
제는 노느매기에 있었다. 어떻게
이놈을 나누면 서로 억울치 않을까, 꽁보는 금점에 남
다른 이력이 있느니만치 제가 선뜻 맡았다. 부피를 대
중하여 다섯 목에다 차례대로 메지메지 골고루 노났던
것이다. 한데 이런 우스꽝스러운 놈이 또 있을까.

"이게 일테면 노눈 건가!"

어두운 구석에서 어떤 놈이 이렇게 쥐어박는 소리를 하
는 것이다. 제 딴은 욱기(불끈하는 기운)를 보이느라고
가래침을 배알는다.

"그럼."

꽁보는 하 어이없어서 그쪽을 뻔히 바라보았다. 이건 우리가 늘 하는 격식인데 이제 와서 새삼스럽게 계정(불평)을 부릴 것이 아니다.

"아니, 요게 내 거야?"

"그럼 누군 감벼락을 맞았단 말인가?"

"아니, 이 구덩이를 먼저 낸 것이 누군데 그래?"

"누구고 새고 알 게 뭐 있나. 금 있으니 땄고, 땄으니 노났지!"

"알 게 없다? 내가 없어도 느가 왔니? 이 새끼야?"

"이런 숭맥 보래. 꿀돼지 제 욕심 채우기로 너만 먹자는 거야?"

바로 이 말에 자식이 욱하고 들이덤볐다. 무지한 두 손으로 꽁보의 멱살을 잔뜩 움켜쥐고, 흔들고 지랄을 한다. 꽁보가 체수가 작고 좀팽이라 쳐들고 한창 얕본 모양이다.

비를 맞아 가며 숨이 콱 막히도록 시달리니 꽁보도 화가 안 날 수 없다. 저도 모르게 어느덧 감석(감돌)을 손에 잡아 놈의 골통을 패뜨렸다. 하니까, 이놈이 꼭 황소

같이 식, 하더니 꽁보를 피언한 돌 위에다 집어 때렸다. 그리고 깔고 앉더니 대뜸 벽채(광석을 긁어모으는 호미)를 들어 곁갈빗대를 힉, 하도록 아주 몹시 조겼다. 죽지 않기만 해도 다행이지만 지금도 이게 가끔 도지어 몸을 못 쓰는 것이다. 다음에는 왼편 어깨를 된통 맞았다. 정신이 다 아찔하였다. 험하고 깊은 산속이라 그대로 죽어 버릴 작정이 분명하다. 세 번째에는 또다시 가슴을 겨누고 내려올 제, 인제는 꼬박 죽었구나 하였다. 참으로 지긋지긋하고 아슬아슬한 순간이었다. 그때 천행이랄까 대문짝처럼 크고 억센 더펄이가 비호같이 날아들었다. 자분참(지체없이) 그놈의 허리를 뒤로 두 손에 쥐어들더니 산비탈로 내던져 버렸다. 그놈은 그때 살았는지 죽었는지 이내 모른다. 꽁보는 곧바로 감석과 한꺼번에 더펄이 등에 업히어 마을로 내려왔던 것이다.

현재 꽁보가 갖고 다니는 그 목숨은 더펄이 손에서 명줄을 받은 그때의 끄트머리다. 더펄이를 형이라 불렀고 형 우제공을 깍듯이 하는 것도 까닭 없는 일은 아니었다. 이 산골도 그 녀석의 산골과 똑 헐없는(영락없는) 흉측

스러운 낯짝을 가졌다. 한번 휘돌아 보니 몸서리치던
그 경상(경치)이 다시 생각나지 않을 수 없다. 꽁보는 담
배를 빡빡 피우며 시름없이 앉았다.

"몸 좀 녹여서 인제 시적시적 해볼까?"

더펄이도 추운지 떨리는 몸을 툭툭 털며 일어선다. 시
작하도록 연모는 차비가 다 된 모양. 저편으로 가서 훔
척훔척하더니 바랑에서 막걸리 병과 돼지 다리를 꺼내
들고 이리로 온다.

"그래도 좀 거냉은 해야 할 걸!"

하고 그는 병마개를 이로 뽑더니,

"에이, 그냥 먹세. 언제 데워 먹겠나?"

"데웁시다."

"글쎄, 그것두 좋구. 근데 불을 났다가
들키면 어쩌나?"

"저 바위틈에다 가리고 핍시다."

아우는 일어서서 가랑잎을 긁어
모았다.

형은 더듬어 가며 소나무 삭정이를 뚝뚝 꺾어서 한 아
름 안았다. 병풍과 같이 바위와 바위사이에 틈이 있었
다. 그 속으로 들어가 그들은 불을 놓았다.

"커 — 그어 맛좋다이."

형은 한잔을 쭉 켜고 거나하였다. 칼로 돼지고기를 저 며 들고 쩍쩍 씹는다.

"아까 술집 계집 봤나?"

"왜 그류?"

"어떻든가?"

"……"

"아주 똑 땄데, 고거 참!"

하고 그는 눈을 불빛에 끔벅거리며 싱글싱글 웃는다. 일 년이면 열두 달 줄창 돌아만 다니는 신세였다. 오늘 은 서로, 내일은 동으로, 조선 천지의 금점판치고 아니 집적거린 데가 없었다. 언제나 나도 그런 계집 하나 만 나 살림을 좀 해보누 하면 무거운 한숨이 절로 안날 수 없다.

"거, 계집 있는 게 한결 낫겠더군!"

하고 저도 열적을 만큼 시풍(시속, 속된)스러운 소리를 하니까,

"글쎄요……"

하고 꽁보는 그 얼굴을 빤히 쳐다보았다. 이날까지 같 이 다녀야 그런 법 없더니만 왜 별안간 계집 생각이 날

까, 별일이로군! 하긴, 저도 요즘으로 부쩍 그런 생각이 무럭무럭 안 나는 것도 아니지만, 가을이 늦어서 그런지 홀아비 마주 앉기만 하면 나는 건 그 생각뿐.

"성님. 장가들라우?"

"어디 웬 계집이 있나?"

"글쎄?"

하고 꽁보는 그 말을 재치다가 언뜻 이런 생각을 하였다. 제 누이를 주면 어떨까. 지금 그 누이가 충주 근방 어느 농군에게 출가하여 자식을 둘씩이나 낳았지마는 매우 반반한 얼굴을 가졌다. 이걸 준다면 형은 무척 반기겠고, 또한 목숨을 구해 준 그 은혜에 대하여 손씻이도 되리라.

"성님. 내 누이를 주라우?"

"누이?"

"썩 이쁘우. 성님이 보면 아마 담박 반하리다."

더펄이는 다음 말을 기다리며 다만 벙벙하였다. 불빛에 이글이글하고 검붉은 그 얼굴에는 만족한 미소가 떠올랐다. 그 누이에 대하여 칭찬은 전일부터 많이 들었다. 그럴 적마다 속중으로는 슬며시 생각이 달랐으나 차마 이렇다 토설치는 못했던 터이었다.

"어떻수?"

"글쎄, 그런데 살림하는 사람을 그리 되겠나?"

하며, 뒷심은 두면서도 어정쩡하게 물어 보았다. 그러고들 껍적하고 술을 따라서 아우에게 권하다가 반이나 엎질렀다.

"그야, 돌려 빼면 그만이지 누가 뭐랠 터유."

꽁보는 자신이 있는 듯이 이렇게 선언하였다.

더펄이는 아주 좋았다. 팔짱을 딱 지르고 눈을 감았다. 나도 인젠 계집 하나 안아 보는구나! 아마 그 누이란 썩 이쁠 것이다. 오동통하고, 아양스럽고, 이런 계집이 틀림없으리라. 그럴 필요도 없건마는 그는 벌떡 일어서서 주춤주춤하다가 다시 펄썩 앉는다.

"은제 갈려나?"

"가만있수. 이거 해 가지구 내일 갑시다."

오늘 일만 잘 되면 내일로 곧 떠나도 좋다. 충청도라야 원도 역경을 지나 칠팔십 리 걸으면 그만이다. 내일 해껏 걸으면 모레 아침에는 누이 집을 들러서 다른 금점으로 가리라 예정하였다. 그런데 이놈의 금을 언제나 좀 잡아 볼는지 아득한 일이었다.

"빌어먹을 거, 은제쯤 재수가 좀 터보나!"

꽁보는 뜯고 있던 돼지 뼉다구를 내던지며 이렇게 한탄하였다.

"염려 말게. 어떻게 되겠지! 오늘은 꼭 노다지가 터질 테니 두고 보려나?"

"작히 좋겠수. 그렇거든 고만 들어앉읍시다."

"이를 말인가. 이게 참 할 노 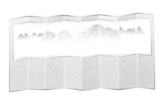 릇을 하나, 이제 말이지."

그들은 몇 번이나 이렇게 자 위했는지 그 수를 모른다. 네 가 노다지를 만나든, 내가 만나든 둘이 똑같이 나눠 가지고 집을 사고 계집을 얻고, 술도 먹고, 편히 살자고. 그러나 여태껏 한 번이라도 그렇게 해본 적이 없으니 매양 헛소리가 되고 말았다.

"닭 울 때도 되었네. 인제 슬슬 가보려나?"

더펄이는 선뜻 일어서서 바랑을 짊어지다가 꽁보를 바라보았다. 몸이 또 도지는지 불 앞에서 오르르 떨고 있는 것이 퍽으나 측은하였다.

"여보게. 내 혼자 해가지고 올게, 불이나 쬐고 거기 있을려나?"

"뭘, 갑시다."

꽁보는 꼬물꼬물 일어서며 바랑을 메었다. 그들은 발로 다 불을 비벼 끄고는 거기를 떠났다. 산에, 골을 엇비슷이 돌아 오르는 샛길이 놓였다. 좌우로는, 잣, 밤, 단풍, 이런 나무들이 울창하게 꽉 들어박혔다. 그 밑으로는 자갈 아니면 불퉁 바위는 예제없이 마냥 뒹굴었다. 한 갓 시커먼 그 암흑 속을 그들은 더듬고 기어오른다. 풀숲의 이슬로 말미암아 고의는 축축이 젖었다. 다리를 옮겨 놓을 적마다 철썩철썩 살에 붙으며 찬 기운이 쭉 끼친다. 그리고 모진 바람은 뻔질 불어 내린다. 붕 하고 능글차게 낙엽이 불어 내리다가는 뺑 하고 되알지게 기를 복 쓴다.

꽁보는 더펄이 뒤를 따라 오르며 달달 떨었다. 이게 지랄인지 난장인지, 세상에 짜장 못 해먹을 건 금점 빼고 다시없으리라. 금이 다 무엇인지, 요 짓을 꼭 해야 한담. 게다가 걸핏하면 서로 두들겨 죽이는 것이 일. 참말이지 금쟁이치고 순한 놈 하나 못 봤다. 몸이 결릴 적마다 지껄던 과거를 또 연상하며 그는 다시금 몸에 소름이 돋았다. 그러자 맞은편 산 수풀에서 큰 불이 어른하

였다. '호랑이!' 이렇게 놀라고 더펄

이 허리에 가 덥석 달리며,

"저게 뭐유?"

하고 다르르 떨었다.

"뭐?"

"저거, 아니 지금은 없어졌네."

"그게 눈이 어려서 헷거지 뭐야."

더펄이는 씸씸이(힘힘이, 모르는 체) 대답하고 천연스레

올라간다. 다구진(다부진) 그 태도에 좀 안심이 되는 듯

싶으나 그래도 썩 편치는 못하였다. 왜 이리 오늘은 대

고 겁만 드는지 까닭을 모르겠다. 몸은 매시근하고 열

로 인하여 입이 바짝바짝 탄다. 이것이 웬만하면 그럴

리 없으련마는,

"자네 안 되겠네. 내 등에 업히게!"

하고 더펄이가 등을 내대일 제, 그는 잠자코 바랑 위로

넙죽 업혔다. 그래도 끽소리 없이 덜렁덜렁 올라가는

더펄이를 굽어보며 실팍한 그 몸이 여간 부러운 것이

아니었다.

불볕 내리는 복중처럼 씨근거리며 이마에 땀이 쫙 흘렀

을 그때에야 비로소 더펄이는 산마루턱까지 이르렀다.

꽁보를 내려놓고 땀을 씻으며 후, 하고 숨을 돌린다. 인제 얼마 안 남았겠지. 조금 내려가면 요 아래 있을 것이다.

그들이 이 마을에 들른 것은 바로 오늘 점심때이다. 지나서 그냥 가려 하다가 뜻하지 않은 주막 주인 말에 귀가 번쩍 띄었던 것이다. 저 산 너머 금점이 있는데 금이 푹푹 쏟아지는 화수분이라고. 요즘에는 화약 허가를 내갖고 완전히 일을 하고자 하여 부득이 잠시 휴광 중이고, 머지않아 다시 시작할 게다. 그리고 금 도둑을 맞을까 하여 밤낮 구별 없이 감시하는 중이라 하는 것이다. 그러나 이 밤중에 누가 자지 않고 설마, 하고 더펄이는 덜렁덜렁 내려간다. 꽁보는 그 꽁무니를 쿡쿡 찔렀다. 그래도 사람의 일이니 물은 모른다. 좌우 곁으로 살펴보며 살금살금 사리어 내려온다.

그들은 오 분쯤 내리었다. 딴은 커다란 구덩이 하나가 딱 내달았다. 산중턱에 짚더미 같은 바위가 놓였고 그 옆으로 또 하나가 놓여 가달(가닥)이 졌다. 그 가운데다 삐듬(비스듬)한 돌장벽을 끼고 구멍을 뚫은 것이다. 가로는 한 발 좀 못 되고 길이는 약 서 발 가량. 성냥을 그어 대보니 깊이는 네 길이 넘겠다. 함부로 쪼아 먹은 구덩이라 꺼칠한 놈이 군버력(광물이 없는 돌)도 똑똑히 못 치웠다. 잠채를 염려하여 그랬으리라. 사다리는 모조리 떼어가고 민숭민숭한 돌벽이 있을 뿐이다.

그들은 다시 한번 사방을 둘레둘레 돌아보았다. 지척을 분간키 어려우나 필경 사람은 없을 것이다. 마음을 놓고 바랑에서 관솔을 꺼내어 불을 대었다. 더펄이가 먼저 장벽에 엎디어 뒤로 기어 내린다. 꽁보는 불을 들고 조심성 있게 참참이 내려온다. 한 길쯤 남았을 때 그만 발이 찍 하고 더펄이는 떨어졌다. 쿵 하고 무던히 골탕은 먹었으나 그대로 쓱싹 일어섰다. 동이 트기 전에 얼른 금을 따야 될 것이다.

"여보게, 아우. 나는 어딜 따랴나?"

"글쎄유……. 가만히 기슈."

아우는 불을 들이대고 줄맥을 한번 쭉 훑었다.

금점 일에는 난다 긴다 하는 아달맹이 금쟁이였다. 썩 보더니 복판에는 동이 먹어 들어가고 양편 가생이로 차차 줄이 생하는 것을 알았다.

"성님은 저편 구석을 따우."

아우는 이렇게 지시하고 저는 이쪽 구석으로 왔다. 그러나 차마 그 틈바귀로 들어갈 생각이 안 난다. 한 길이나 실히 되도록 쌓아 올린 동발이 금방 넘어올 듯이 위험했다. 밑에는 좀 잔 돌로 쌓으나 그 위에는 제법 굵직굵직한 놈들이 얹혔다. 이것이 무너지면 깩 소리도 못하고 치여 죽는다.

꽁보는 한참 생각했으되 별수 없다. 낯을 찌푸려 가며 바랑에서 망치와 타래징을 꺼내 들었다. 그런데 어떻게 파먹은 놈이게 움푹 들어간 것이 일은커녕 몸 하나 놓을 데가 없다. 마지못해 두 다리를 동발께로 쭉 뻗고 몸을 그 홈패기에 착 엎디어 망치질을 하기 시작하였다. 돌에 뚫린 석혈 구덩이라 공기는 더욱 퀭하였다. 징 때리는 소리만 양쪽 벽에 무겁게 부딪친다.

'팡! 팡!'

이렇게 몹시 귀를 울린다.

거반 한 시간이 넘었다. 그들은 버력 같은 만감 이외에 아무것도 얻지 못했다. 다시 오 분이 지난다. 십 분이 지난다. 딱 그때다.

꽁보는 땀을 철철 흘리며 좁다란 그 틈에서 감 하나를

손에 따 들었다. 헐없이 작은 목침 같은 그런 돌팍을. 엎드린 그대로 불빛에 비치어 가만히 뒤져 보았다. 번 들번들한 놈이 그 광채가 되우 혼란스럽다. 혹시 연철 이나 아닐까. 그는 돌 위에 눕혀 놓고 망치로 두드리며 깨 보았다. 좀체 하여서는 쪽이 잘 안 나갈 만치 쭌둑쭌 둑한 금돌! 그는 다시 집어 들고 눈앞으로 바싹 가져오 며 실눈을 떴다. 얼마를 뚫어지게 노려보았다. 무작정 으로 가슴은 뚝딱거리고 마냥 들렌다. 이 돌에 박힌 금 만으로도, 모름 몰라도 하치 열 냥쭝은 넘겠지.

천 원! 천 원!

"그 뭔가, 뭐야?"

더펄이는 이렇게 허둥지둥 달려들었다.

"노다지!"

하고 풀 죽은 대답.

"으으응, 노다지?"

하기 무섭게 더펄이는 우뻑지뻑 그 돌을 받아 들고 눈 에 들이댄다. 척척 휠 만치 들어박힌 금, 우리도 이젠 팔자를 고치누나! 그는 껍적껍적 엉덩춤이 절로 난다.

"이리 나오게, 내 땀세."

그는 아우의 몸을 번쩍 들어 내놓고 제가 대신 들어간

다. 역시 동발께로 다리를 쭉 뻗고는 그 틈바귀에 덥석 엎디었다. 몸이 워낙 커서 좀 둔개이나 아무렇게도 아우보다 힘이 낫겠지. 그 좁은 틈에 타래징을 꽂아 박고, 식식 하고 망치로 때린다.

꽁보는 그 앞에 서서 시무룩허니 흥이 지었다. 금점 일로 할지면 제가 선생님이요, 형은 제 지휘를 받아 왔던 것이다. 뭘 안다고 풋둥이가 어줍대는가, 돌 쪽 하나 변변히 못 떼어낼 것이……. 그는 형의 태도가 심상치 않음을 얼핏 알았다. 금을 보더니 완연히 변한다.

"저 곡괭이 좀 집어 주게."

형은 고개도 아니 들고 소리를 뻑 지른다. 아우는 잠자코 대꾸도 아니 한다. 사람을 너무 얕보는 그 꼴이 썩 아니꼬웠다.

"아, 이 사람아. 곡괭이 좀 얼른 집어 줘. 왜 저리 정신없이 섰나."

그리고 눈을 딱 부릅뜨고 쳐다본다. 아우는 암말 않고 저편 구석에 놓인 곡괭이를 집어다 주었다. 그리고 우두커니 다시 섰다. 형이 무람없이 굴면 굴수록 그것은 반드시 시위에 가까웠다. 힘이 좀 있다고 주제넘게 꺼떡이는 그 화상이야 눈허리가 시면 시었지 그냥은 못 볼 것이다.

"또 땄네. 내 기운이 어떤가?"

형은 이렇게 주적거리며 곡괭이를 연상 내려찍는다. 마치 죽통에 덤벼드는 돼지 모양이다. 억척스럽게도 손뼘만한 감을 두 쪽이나 따냈다. 인제는 악이 아니면 세상 없어도 더는 못 딸 것이다.

엑! 엑! 엑!

그래도 억센 주먹에 굳은동이 다 벌컥벌컥 나간다.

제 힘을 되우 자랑하는 형을 이윽히 바라보니 또한 그 속이 보인다. 필연코 이 노다지를 혼자 먹으려고 하는 것이다. 하면 내가 있는 것을 몹시 꺼리겠지 하고 속을 태운다.

"이것 봐. 자네 같은 건 골백 와야 소용 없네."

하고 또 뽐낼 제 가슴이 선뜩하였다. 앞서는 형의 손에 목숨을 구해 받았으나 이번에는 같은 산골에서 그 주먹에 명을 도로 끊을지도 모른다. 그는 형의 주먹을 가만히 내려 보다가 가엾이도 앙상한 제 주먹에 대조하여 보지 않을 수 없다. 그러나 다만 속이 바르르 떨릴 뿐이다. 그러나 꽁보는 기겁을 하여 놀라며 뒤로 물러섰다. 어이쿠 하고 불시의 비명과 아울러 와르르 하였다. 쌓아 올린 동발이 어찌하다 중턱이 헐리었다. 모진 돌들은 더펄이의 장딴지며, 넓적다리, 엉덩이까지 그대로 엎눌렀다. 살은 물론 으스러졌으리라. 그는 엎으러진 채 꼼짝 못하고 아픔에 못 이기어 끙끙거린다. 하나 죽질 않기만 요행이다. 바로 그 위의 공중에는 징그럽게 커다란 돌들이 내려 구르자 그 밑을 받친 불과 조그만 조각돌에 걸리어 미처 못 굴러 내리고 간댕거리는 것이었다. 이 돌만 내려치면 그 밑의 그는 목숨은 고사하고 으살이 될 것이다.

"여보게. 내 몸 좀 빼주게."

형은 몸은 못 쓰고 죽어 가는 목소리로 애원한다. 그리고 또,

"아우. 나 죽네. 응?"

하고 더욱 애를 끊으며 빌붙는다.
고개만 겨우 들었을 따름 그 외에
는 손조차 자유를 잃은 모양 같다.
아우는 무너지려는 동발을 쳐다보며

얼른 그 머리맡으로 다가선다. 발 앞에 놓인 노다지 세
쪽을 날쌔게 손에 잡자 도로 얼른 물러섰다. 그리고 눈
물이 흐르는 형의 얼굴은 돌아도 안보고 그 발로 허둥
지둥 장벽을 기어오른다.

"이놈아!"

너머 기어올라 벼락같이 악을 쓰는 호통이 들리었다.
또 연하여 우지끈 뚝딱, 하는 무서운 폭성이 들리었다.
그것은 거의 동시의 일이었다. 그러고는 좀 와스스 하
다가 잠잠하였다.

그때는 벌써 두 길이나 너머
아우는 기어올랐다. 굿문까지
다 나왔을 제 그는 머리만 내
밀어 사방을 두릿거리다 그림자까지 사라진다.
더펄이의 형체는 보이지 않는다. 침침한 어둠 속에 단
지 굵은 돌멩이만이 짝 흩어졌다. 이쪽 마구리의 타다
남은 화롯불은 바야흐로 질듯질듯 껌벅거린다. 그리고
된 바람이 애, 하고는 굿문께서 모래를 쫘륵쫘륵 들이
뿜는다.

김유정 (金裕貞 1908~1937)

김유정은 1908년 1월 11일 강원도 춘천(春川)에서 태어났다. 1929년 휘문고등보통학교를 졸업한 그는 연희전문학교 문과에 입학하지만 학업에 대한 회의를 이유로 중퇴했다. 1931년 그는 고향에 내려가 금병의숙(錦屛義塾)을 세워 문맹퇴치운동을 벌이기도 하고, 금광에도 손을 대었다.

1935년 조선일보, 중앙일보 신춘문예에 〈소낙비〉, 〈노다지〉가 당선되면서 문단의 주목을 받기 시작한다. 이어 단편 소설 〈금 따는 콩밭〉, 〈떡〉, 〈만무방〉, 〈산골〉, 〈봄봄〉 등을 잇달아 발표한다. 이들은 농촌에서 우직하고 순진하게 살아가는 인물들을 특유의 해학적 수법으로 표현한 작품이다. 김유정은 1936년 〈산골 나그네〉, 〈옥토끼〉, 〈동백꽃〉, 〈정조〉, 〈슬픈이야기〉 등의 단편을, 1937년에는 〈따라지〉, 〈땡볕〉, 〈정분〉 등의 단편과 〈생의 반려〉 등의 장편 소설을 발표한다. 하지만 지병이 악화되어 1937년 3월 29일 29세의 나이로 생을 마감한다.

그의 문학 세계는 강원도 지방의 토속어를 바탕으로 뛰어난 해학과 풍자를 통해서 일제강점기에 우리 농촌의 참담한 현실을 정확하게 묘사했다. 그의 소설에 보이는 질펀한 웃음 속에는 땅에 붙박여 처절하게 살아가는 농민들의 애끓는 울음이 짙게 깔려 있다.

국어과 선생님이 뽑은

한국문학읽기
한국고전읽기
세계문학읽기